L'Auteur Réconcilié avec la Mode,

Suivi de

Ternaux

Jugé par le Commerce;

PAR GUSTAVE,

Professeur de Philosophie et de Sciences morales.

PARIS,

Chez { MONGIE, boulevard des Italiens;
PONTHIEU, Palais-Royal.

Et chez les Marchands de nouveautés.

1825.

PRIX DE L'OUVRAGE.

Papier ordinaire. . . .	3 fr. 50 c.
Papier, fin satiné. . . .	5 »
Papier vélin, satiné. . .	6 »

NOTA.

Je ne me flatte pas d'un si brillant succès,
Que je puisse espérer, ou redouter jamais,
Qu'en secret on m'imprime et qu'on me multiplie.
Bien des auteurs voudraient inspirer telle envie !
Un miracle est possible,... et ma sécurité
Réclame ma paraphe, encor qu'aucun notaire,
Pour convaincre et confondre une presse faussaire,
Ne m'ait donné contrat de ma propriété.
De côté mettant donc mon humeur pacifique,
Changeant en avocat ma plume satirique,
Je jure d'attaquer devant les Tribunaux
Quiconque usurpera mes vers et mon Ternaux.

L'Auteur

Réconcilié avec la Mode.

IMPRIMERIE DE SÉTIER,
Cour des Fontaines, n° 7, à Paris.

L'Auteur

Réconcilié avec la Mode,

Suivi de

Ternaux

Jugé par le Commerce;

Par GUSTAVE,

Professeur de Philosophie et de Sciences morales.

PARIS,

Chez { MONGIE, boulevard des Italiens
PONTHIEU, Palais-Royal.

1825.

Au Lecteur.

Argument.

Avant-propos au Lecteur. — Embarras de l'Auteur. — Ennemis de l'Auteur. — Les Libraires. — Le Constitutionnel et un Baron. — Les Débats. — Le Journal de Paris. — Avantages des auteurs dans la secte libérale. — La Foudre. — Le Drapeau-Blanc. — La Quotidienne. — La Gazette. — Journaux naissans. — Craintes de l'Auteur. — Prière au Lecteur. — Adresse au sexe. — Promesses et menaces que lui fait l'Auteur.

Au Lecteur.

Mon complaisant lecteur, j'entends lecteur futur,
Car d'être lu je suis loin d'être sûr,
Quoiqu'inconnu de toi, j'ai deux mots à te dire;
Ne pouvant te parler, je vais te les écrire :
Ne sachant pas ton nom, ni tes moyens,
Moyens d'esprit, moyens de bourse,
De ces derniers quelle est la source;
Si tu n'es pas au rang des mauvais citoyens;
Si ton nom est de grande ou petite noblesse;
Si tu joins à ce nom de nobles sentimens;
Si tu remplis tous tes engagemens
Avec exactitude, avec délicatesse;
Si l'encens des honneurs
Ne trouble pas ta tête;
Si tu touches au faîte
Des premières grandeurs,

Oh! dans ce cas, tiens bon, car leur échafaudage
N'a jamais eu grande solidité.....
Si tu fais la félicité
De tes parens, de ton ménage;
Si tu bois à longs traits la coupe des plaisirs,
Cette liqueur, d'abord pleine de charmes,
Se plaît souvent à tromper nos désirs,
Et se change en autant de larmes.....
Pour le dire en un mot, t'ignorant tout entier,
Soit riche de vertu, soit tout criblé de vices,
Soit brillant de lumière, obscur comme un rentier,
Soit d'un commerce aimable, ou pétri de caprices,
Ce que je vais conter ne te regarde pas;
Mais comme très-souvent d'affaires étrangères
Chacun avec plaisir fait ses propres affaires,
Peut-être aimeras-tu savoir mon embarras :
Le voilà : je voudrais me vendre,
Et mon esprit ne sait comment s'y prendre.
De très-légers mais maladroits propos,
A mon insçu m'ont mis à dos
Tous ceux qui par état, ou bien par obligeance,
M'auraient fait faire connaissance
Avec de riches acquéreurs.
Grand nombre d'amateurs,

De leur esprit connaissant la finesse,
S'en rapportant à l'extrême justesse
De leur bon jugement,
Accourus avec empressement,
M'eussent acheté, lu, montré comme un miracle;
Tandis que seul aujourd'hui,
Sans protecteur, sans appui,
Je ne vois partout qu'obstacle;
Libraires et journaux ne veulent pas de moi.
Est-il malheur plus grand ? je m'en rapporte à toi.
D'usurpateurs je traite les libraires;
Je dis qu'ils font toujours de très-bonnes affaires
Aux dépens des pauvres auteurs,
Pas même soutenus de la vaine fumée
Qu'ils attendaient de dame Renommée.....
Je dis et je soutiens à tous ces ravisseurs,
Que dans leurs magasins ils n'ont pas un seul livre
Qui n'y soit arrivé simplement à la livre.

J'accuse le journal Constitutionnel;
Où trouver le pendant d'un mot si poétique ?
Il me faut recourir jusqu'à la république,
Et déterrer un conventionnel.....
En faveur d'un Baron de nouvelle couvée

Je l'accuse d'avoir oublié ses sermens :
La chose n'est pas controuvée ;
Ensemble ils espéraient riches émolumens.
Cette ruse fut découverte ;
Chez les intéressés elle mit grande alerte,
Et nos spéculateurs, passablement surpris,
N'eurent qu'ample moisson de honte et de mépris.
Ce n'est là qu'une vieille affaire,
Pure bagatelle pour eux :
Depuis, événemens nombreux
Durent grandement leur déplaire !
Certes, bien loin qu'en ma faveur
J'appelle la voix libérale,
Je la tiendrais à déshonneur;
N'est-elle pas l'écho de la secte fatale ?

Le malheureux état où ma langue m'a mis,
N'augmente pas l'espoir de trouver des amis :
Pour avoir cependant mention honorable,
Il faut, c'est de rigueur, une voix charitable.
Où la trouver ? chez les Débats ?
Oh ! lecteur, tu n'y penses pas :
On ne sait le saint qu'ils honorent,
La couleur dont ils se décorent ;

Soldats lâches et dangereux,
A peine le combat s'engage,
On croit pouvoir compter sur eux,
Les voilà qui tournent bagage :
Sans fidélité, sans honneur,
Véritables cosmopolites,
Ils sont toujours les prosélytes
D'un plus offrant dernier enchérisseur.
Tour à tour on les voit et combattre et défendre
Blanc et noir, tous les partis :
Si tous ils ne sont fous, je n'y puis rien comprendre.
Espérant voir pour les délits,
(J'en viens d'apprendre la nouvelle),
Certain journal reclus à perpétuité,
Aux cris joyeux : Vive la liberté !
Ils prendront sa clientelle.
Faisons des vœux que les Débats
Puissent réaliser cette noble espérance ;
Mais espérons, pour l'honneur de la France,
Qu'un jour aussi nous les verrons forçats.....

Le Journal de Paris tient à la bande noire ;
Laissons-le donc en paix composer son grimoire,

Rapporter à ses bons amis
Tous les sales fagots des faubourgs de Paris.

Je perds infiniment que cette confrérie
Ne soit pas un peu de mon goût;
Aux journaux de la coterie
On eût fait un devoir de me prôner partout.
Leur complaisance est extrême;
Chez eux un auteur lui-même
Vante au public ses écrits,
Et, dans un modeste éloge,
Tout simplement il se loge
Au rang des premiers esprits.
Si je voulais être de la cabale,
Je jouirais de semblables faveurs,
Et je ne doute pas que la caisse centrale
Ne suppléât au défaut d'acquéreurs.
A me laisser tenter je ne puis me résoudre.....

Me conseillerais-tu de conjurer la Foudre,
D'ébranler le monde entier?
Conduis-la chez Vulcain apprendre son métier :
Pour lancer le tonnerre,
Épouvanter la terre,
Il faut être des Dieux.

Porté par des vents furieux,
Je ne veux pas être l'orage
Qui de l'étincelant nuage,
ance partout la terreur et la mort;
Iais que je sois l'Étoile tutélaire,
ux naufragés qui désigne le port,
Ou bien cette onde salutaire,
i des faibles humains vient calmer la frayeur,
ranime l'espoir du triste laboureur.

is-je du Drapeau-Blanc implorer l'assistance?
Je ne pourrais apparaître à la France
Sous un dehors plus imposant:
L'honneur et la victoire
Des faisceaux de leur gloire
vironnent toujours l'étendard éclatant.
Ces défenseurs de la foi royaliste,
Si dignes d'enrichir la liste
De nos intrépides guerriers,
vaient déjà cueilli d'honorables lauriers;
Mais bientôt la Discorde arrive,
L'or corrupteur les séduit, les captive;
Ils se sont lâchement vendus:
Lecteurs n'y pensons plus.

J'irai trouver la mère Quotidienne,
Française, libre, ultra, chrétienne,
Voilà des qualités qui sont fort de mon goût;
Ses principes sont francs : les Bourbons avant tout.
Son chef est un maître homme, et jamais à sa table
Ne siége le dégoût. Si j'étais supportable!.....
Ne pouvant me donner comme un gros aliment,
Peut-être on m'y prendrait comme assaisonnement.

Si la Gazette était dame commode,
Quoique très-vieille elle est encor de mode;
Elle approche les grands, surprend de leurs secrets,
Que répandent bientôt ses récits indiscrets;
Elle est toujours ambitieuse,
Et fait encor la précieuse;
Il me faut lui faire la cour,
Et sitôt que viendra mon tour
D'offrir de mes respects la très-humble assurance,
Je solliciterai quelques mots d'obligeance.
Il est d'autres journaux: ils manquent d'abonnés;.....
L'on sait à peine s'ils sont nés.....
Combien chaque jour en voit naître!
Mais à peine apprend-on qu'ils viennent de paraître,

Vite on court s'abonner, ils ne sont déjà plus :.....
Ce serait des pas superflus.....

Je crains que les journaux se fassent trop attendre;
Que faire donc? répandre des avis?
D'affiches de six pieds placarder tout Paris?
Ces filets sont usés, on ne peut plus s'y prendre.....
Je désespère d'être lu :
Pour avoir de l'esprit il faut être connu,
Et je ne le suis pas;... et si de mon Épître,
Au bout même d'un mois ou deux,
On daignait annoncer le titre,
Je devrais m'estimer heureux.
Mais si j'avais un nom!... même sans que j'y pense,
Je serais annoncé, vendu six mois d'avance.. ..
Le triste sort de maint auteur,
Je le sens,... me pend aux oreilles;
Épargnes au fruit de mes veilles
Le plus honteux des malheurs :
Tu peux me couper et me lire;
Prends garde, cependant, je ne souffre jamais
Qu'un téméraire me déchire!
Lecture faite, si je plais,
Hâte-toi de me joindre à tes autres emplettes,

Et garde-moi soigneusement,
En attendant le supplément
De mes œuvres complètes.
Pour m'estimer à ma juste valeur,
Je crois valoir un franc à la face royale :
Je n'en veux pas de monnaie illégale;
Tu les reconnaîtras à leur seule couleur.....

Sexe charmant, je suis jaloux
D'être enlevé par toi;... je crois pouvoir te plaire :
La satire, il me semble, est assez dans tes goûts;
Ma Muse peut te satisfaire.
Fais-toi de m'acheter un devoir, une loi;
Et si tu me trouvais trop au-dessous de toi,
Achète-moi par complaisance :
Je te promets en récompense
Le plus joli roman qui t'ait jamais charmé;
Tendre, passionné, sage, fou, romantique,
J'épuiserai pour toi le monde poétique :
On ne t'aura jamais armé
D'autant d'attraits, d'autant de charmes;
Et Juvénal et Pope, et Molière et Boileau,
Seront forcés, confus d'un si riche tableau,
D'avouer leur erreur, de mettre bas les armes.

Leur froide, insipide raison
En raisonnant toujours ne pouvait que médire.
Des tendres sentimens l'enivrante saison
Seule peut, dans le feu d'un amoureux délire,
T'admirer, te chanter, sexe consolateur.
Si je suis sans amour, ma vive gratitude
Pour m'inspirer suffit, et de ma solitude
Je te proclamerai l'ange du vrai bonheur!
Mais si tu m'accablais de ton indifférence!
Si toi, dont le bonheur est de faire un heureux,
Tu ne rougissais pas de rejeter mes vœux,
Tu peux tout redouter de ma juste vengeance;.....
J'enchérirai sur tous tes ennemis;
Je mettrai tes amans en déroute complète;
Constant et Legouvé sont sûrs de leur défaite;
Point de tableaux affreux qui ne semblent permis:
A mes yeux tu seras le démon de la guerre;
Toi seul auras causé tous les maux de la terre:
Dans ce pays de chagrins et de maux,
Où de défauts nombreux chacun porte la chaîne,
L'homme sera le roi des animaux,
Et toi, sexe trompeur, je t'en ferai la reine.....
Ainsi tu peux choisir, ou d'avoir des autels,
Ou d'être au dernier rang des plus méchans mortels.

Lecteur, en attendant, allons livrer bataille
A la gloire de nos tailleurs :
Tu verras si comme eux j'habille à juste taille ;
Ou si je te déplais, vas t'ennuyer ailleurs.

Hommage

Aux Tailleurs.

Argument.

Occasion de l'Épître. — Avantages de l'état de Tailleur. — Causes de son grand gain. — Sans beaux habits point de considération. — Un Baptême. — Discours à l'Académie. — Frivolité des hommes. — L'Auteur se résout à suivre la Mode. — Il commande un habit. — Avantages qu'il s'en promet. — Les Tailleurs précieux à la société. — Calomnie contre eux d'un Baron marchand, dans le Constitutionnel. — Réponse à la calomnie. — Point de Ternaux pas plus que de....... — Réprimande au Constitutionnel. — Vengeance que les Tailleurs auraient dû tirer du Constitutionnel et du Baron. — Noms recommandables. — Justification du gain des Tailleurs, par les Médecins, les Avocats, les Commerçans, et le Baron lui-même. — L'Auteur revient à l'habit. — Il veut qu'il soit noir. — Tous les gens qu'il voit en noir. — Forme de l'habit. — Le gilet et sa forme. — L'Auteur donne sa mesure. — Il demande crédit. — Il cède le fond de son Épître pour ses habits. — Moyen d'exploiter ce fond. — Les Journalistes. — Les Libraires. — L'Auteur ne se soucie pas d'être vendu dans les Galeries du Palais-Royal, à cause du marché qui s'y tient le soir. — Autre moyen de débit. — Promesse d'une seconde Épître.

Hommage

Aux Tailleurs.

Epitre à l'un d'eux.

Est modus in rebus.....
Hor. Art. poét.

On m'apprend qu'au Salon tu crus me reconnaître,
Que dans l'art des tailleurs tu fus deux ans mon maître :
Il n'en est rien vraiment. Ma foi je le voudrais;
L'état, comme je vois, n'est rien moins que mauvais :
En faisant des habits on a bonnes aubaines,
Et voiture et chevaux, riches et beaux domaines,
Tout vient ; en peu de temps on se voit parvenu
A toucher tous les ans un ample revenu.
Certes tant de mortels ont besoin qu'on les croie
Tout ce qu'ils ne sont pas, ont besoin qu'on les voie
Sous un dehors trompeur, que sans étonnement
Je vois de ton état le prompt accroissement.

Les sots, les ignorans, insupportable engeance!
Passent pour des esprits de très-haute importance,
Lorsqu'ils sont par ton art élégamment parés :
Leurs travers à leurs yeux par-là sont réparés.
L'intrigant bien orné prend un ton, des manières;
Des places de l'État il a droit aux premières.
Les orgueilleux, les fats, la foule des pédans,
Tous les ambitieux, et tous ces prétendans
Aux honneurs; en un mot, ces gens, race funeste,
De la société contagieuse peste,
En te versant leur or t'élèvent jusqu'aux cieux;
Tandis que s'ils pouvaient m'arracher les deux yeux,
Leurs cœurs faux et pervers en auraient joie extrême.
De contraste pareil la raison d'elle-même
Saute aux yeux : tous ces gens qu'enveloppe si bien
Ton talent, que sont-ils ? ce qu'ils sont? hélas! rien.....
Moi je les montre nus de ce qui les déguise,
Plus leur masque est trompeur, et plus je les méprise.

Pour dessiller les yeux je fais de vains efforts,
Je ne le vois que trop : par leurs brillans dehors
Ils l'emportent toujours dans l'esprit du vulgaire;
On m'écoute si peu qu'autant vaudrait me taire.....
Ce qui pis est : je vois que, sans de beaux habits,

Se dirait-on l'auteur de merveilleux écrits,
Aurait-on de Platon l'étonnante science,
De Démosthène enfin l'entraînante éloquence,
On serait un génie et sublime et profond,
On ne peut se montrer sans essuyer d'affront :
Les beaux habits font seuls la bonne compagnie,
Du triste genre humain pitoyable manie !

L'autre jour, apprenant que l'on devait fêter
Un enfant nouveau-né, je voulus le chanter,
Et j'usais en cela du droit de voisinage:
En l'honneur du poupon et de son parrainage,
Je fis donc en trois jours un petit inpromptu.
Mais voyant que j'étais trop tristement vêtu
Pour un cercle de gens de première élégance,
Je me privai d'aller faire ma révérence
Et donner mon couplet. Devant aux premiers jours
De la saison d'été, d'un excellent discours
Régaler les savans de notre académie;
Plus par nécessité que par économie,
Je croyais bonnement que mon habit usé
Pouvait fort bien passer, je m'étais abusé :
Comme partout chez elle on tient à la toilette,
Ne pouvant d'un meilleur aller faire l'emplette,

(Les auteurs comme moi se flatteraient en vain
D'acheter autrement que l'argent à la main).
Il me fallut d'un paon emprunter le plumage;
J'eus grand soin toutefois d'avoir autre ramage.
Des hommes voilà bien la sotte vanité :
Vouloir les corriger de leur frivolité,
Ce serait du soleil vouloir changer la course,
Et faire remonter la Seine vers sa source.
J'en suis si convaincu, que maintenant je veux
En imposer aussi par un dehors pompeux;
Oui, je veux étaler une riche parure :
Tous mes habits auront la meilleure tournure;
Je veux des vêtemens de toutes les saisons,
De toutes les couleurs, de toutes les façons,
Et voulant même en tout éviter la critique,
Un tailleur à la mode aura seul ma pratique.
C'est toi que je choisis, tu seras mon tailleur,
Mon choix, quoiqu'au hasard, ne peut être meilleur.

Ne portant désormais que des habits de fête,
Je ne me verrai plus des pieds jusqu'à la tête
A la porte d'un grand, toisé par des valets;
Je n'éprouverai plus que leurs humbles respects;

Et sans qu'il soit besoin de me faire connaître,
Ils me feront entrer de plein pied chez leur maître.

Par de riches habits il me semble tenir
L'infaillible moyen de pouvoir obtenir
Tout ce qui me plaira : depuis longues années,
Au lieu de rappeler les mœurs abandonnées
Du berceau des humains, je serais opulent,
Si j'eusse de ce siècle imité le torrent.
De la mode et du goût imitateur sévère,
Je veux être en mes mœurs moins dur et moins austère :
C'est là le vrai secret de toutes les faveurs :
C'est la clef des plaisirs, des emplois, des honneurs,
C'est un passe-partout.... Chez quelques excellences
J'irai tenter encor de nouvelles instances :
Croyant aussi bien qu'eux pouvoir servir le Roi,
J'ai droit de les prier de mieux penser à moi ;
Soit par un pur oubli, soit que la foule abonde,
Pas une, on le dirait, ne me pense du monde.

Je t'en conjure donc, soigne que promptement
Je puisse revêtir un bel habillement :
Je brûle d'écarter cette race à livrée
Qui depuis si long-temps me dispute l'entrée.
Il faut que Messeigneurs sachent que je suis las

De faire chaque jour tant d'inutiles pas.
J'irai trouver aussi mon imprimeur-libraire :
Je veux lui proposer une brillante affaire,
C'est un nouveau chef-d'œuvre,... et grâce à mon habit,
Je suis certain qu'il va m'imprimer à crédit.

Tout-à-fait revenu de goûts par trop sauvages,
Il me semble entrevoir les nombreux avantages
Que procure ton art à la société;
Des costumes pourquoi cette variété?
Depuis la triste époque où notre premier Père,
Séduit par les conseils de la commune mère,
Dont les filles, bien loin d'avoir dégénéré,
Ont, en adresse, en ruse, en malice, empiré,
A laissé ses vertus au jardin de délices,
Et sur un méchant sol endossé tous les vices;
Il faut, pour les cacher aux yeux de l'Univers,
D'épais habits, encor percent-ils au travers.....
Pour nous dédommager du vêtement céleste,
Hélas! j'ai beau chercher, je vois qu'il ne nous reste
Que le faible secours d'habillemens pompeux,
Encor heureux, sans lui quels spectacles affreux
Le monde offrirait-il! A cet art admirable,
Plus d'un mortel hideux doit d'être supportable.

Il semblerait vraiment, comme l'âme jadis,
Que notre corps déchût; le bel art des habits
Lui donne plus de grâce, une plus noble allure,
En un mot, il ajoute à l'état de nature.
Au bossu, m'a-t-on dit, un tailleur très-adroit,
En mettant une bosse, en fait un homme droit.
Ces artistes pourtant, précieux à la terre,
Qui voilent à nos yeux notre vieille misère,
A qui nous devons tant, eh! sans eux, dans les bois,
Errant comme des loups, sans mœurs, sans frein, sans lois,
Nous ne serions encor qu'un peuple de sauvages.
Eh bien! qui l'aurait cru? dignes de nos hommages,
Certain Baron marchand osa les diffamer.....
A l'univers entier il osa proclamer
Que tous depuis long-temps trompaient la foi publique...
Qu'on devait mettre fin à leur commerce inique....
Que l'on juge d'abord s'il est cœur plus ingrat!...
Aux seuls tailleurs il doit le débit de son drap,...
Ce sont ses bienfaiteurs,... il leur doit l'opulence,
Il leur doit son renom! et sa reconnaissance
Est noire calomnie,... un langage imposteur,
Sur ce corps estimé verse le déshonneur.
Il veut le diffamer!... cet esprit mercantile
Place toute sa gloire à se montrer fertile

En ruse de marchands ;... richesses et mépris....
Des juges compétens, pas un ne s'est mépris
Sur le but du Baron, sur sa nouvelle ruse :
«Il veut nous éclairer, c'est lui qui nous abuse !...
» Ses draps quoiqu'à bas prix valent encore moins,
» Mauvais tissu, sans corps. » Aux yeux de cent témoins,
L'usage qu'on en fit justifia le blâme :
Étroit, plus gros que fin, le Ternaux n'a pas d'âme....
Sous de pésans carreaux lorsqu'on le fait gémir,
Au lieu de s'allonger on le voit rétrécir.
Divers malins disaient : «gras de ses injustices,
» Ce méchant voleur-là décèle ses complices. »
«Vingt aiguilles pour lui travaillaient tous les jours ;
» S'il a de cet état interrompu le cours,
» C'est qu'il n'aurait gagné qu'un modeste équipage,
» Et qu'au lieu d'un hôtel il n'eût eu qu'un étage.»
«Il peut bien maintenant qu'il a des millions,
» Rabattre sans danger de ses ambitions. »
«D'amour du bien public sa pompeuse assurance,
» A fini d'enlever le peu de confiance
» Qui nous restait encore... Eh ! tous les Charlatans,
» De semblables propos amusent les passans !
» Loin d'avoir profité du nouveau stratagème,
» Dans son maladroit piége il est tombé lui-même :

» Personne en sa faveur n'élèvera la voix,
» On ne ferait chez lui qu'un détestable choix... »
Tailleurs, point de Ternaux! pas plus qu'à notre table,
Je voudrais du Laffite,... il m'est insupportable,
Sa couleur me déplaît:... vive notre Bordeaux!
Il n'offre à notre esprit que de rians tableaux...
Pas plus qu'un Casimir qui crie et se déchire,
Pour le porter encore il faut être en délire :
Pas plus qu'un Manuel des Révolutions :
Pas plus qu'un sot Constant dans ses prétentions.
Ces misérables goûts ne souillent plus la France;
On en voit maintenant toute l'inconvenance.
A deux si quelques sots ajoutent encor foi,
Deux ou trois, nulle part, ne peuvent faire loi.

Mais ce journal fameux par son libéralisme,
Comment se prêta-t-il à ce charlatanisme.
Tout le monde connaît ses institutions :
Défendre, soutenir les droits des Nations :
Il doit être du peuple ami par excellence;
Pourquoi donc au Baron donner la préférence
Sur tout un corps d'état? Prêtres, Nobles et Rois,
Voilà ses ennemis; pour protéger les lois,
Soulever les sujets, c'est là tout son ouvrage....
Oubliant ses devoirs,... il insulte,... il outrage

Une classe nombreuse! .. Il a prévariqué!...
Aux plus saints des statuts, au peuple il a manqué!
Tous armés d'une main d'aiguilles très-pointues,
Et de l'autre vibrant leurs deux lames aigues,
Les Tailleurs auraient dû, pour venger leur honneur,
Attaquer et saisir le calomniateur,
L'Editeur, le Baron et la clique complice;
Et, puisque dans le peuple est le droit de justice,
De nombreux écheveaux leur lier pieds et mains,
De flétrissans soufflets caresser ces vilains,
Aux Messieurs de Montmartre arracher les oreilles,
Pour montrer qu'en longueur elles sont sans pareilles,
Au gros Baron tirer cent gouttes de son sang,
Prouver qu'il n'est pas noble, et sorti de son rang...
Et pour punir de toutes les malignes atteintes,
Dans leurs corps jusqu'aux os enfoncer mille pointes;
Ils eussent avoué que celles des tailleurs,
Quoique matière, sont plus fines que les leurs :
Enfin, leur refusant habits et redingottes,
Planter là tous confus nos Messieurs sans culotte :
Mais ne pas les cacher sans de carreaux bien chauds
Rudement leur presser et dépresser le dos.

Ma foi si du journal la perverse doctrine,
Dans l'esprit des tailleurs eût pris quelque racine,

Je ne gagerais pas que leur ressentiment
N'aurait outre-passé ce léger châtiment.

Peut-être s'assemblant selon toutes les formes,
Rédigeant du procès copie, actes conformes,
Mettant fin promptement aux débats protecteurs,
Ils eussent flagellé les prévaricateurs ;
Et, sans du lendemain attendre la réplique,
Les auraient fait traîner à la place publique ;
Et là, de suite ouvrant les populaires lois,
D'un châtiment cruel ils auraient fait le choix ;
Puis faisant charier toutes leurs feuilles mortes,
Oui mortes et bien plus mortes de mille sortes,
Ont-elles à l'honneur vécu jamais un jour ?
Ils auraient aussitôt, rappelant tour à tour
Leurs mensonges nombreux, leur commune bassesse,
Ordonné que du feu la flamme vengeresse,
Devant eux consumât tous ces méchans esprits,
Liés, enveloppés dans leurs pervers écrits.
Les coupables en vain, du Courrier, du Pilote,
L'un avec ses chevaux et l'autre avec sa flotte,
A l'aspect du danger qui menaçait leurs jours,
Auraient avec instance invoqué le secours :
Ne savent-ils donc pas qu'aux premières alarmes,

Deux cent mille tailleurs eussent tous pris les armes?
Qu'un million de carreaux eussent fondu sur eux,
Qu'un million de ciseaux s'entrouvrant à leurs yeux,
Les eussent effondrés! que, solides au poste,
Ils eussent défié tous les chevaux de poste...
Leurs amis accourus et Pilote et Courrier,
Auraient goûté comme eux d'un plat de bon métier;
L'un n'aurait jamais plus fabriqué des nouvelles,
Et fait à ses lecteurs des récits infidèles;
L'autre, dans ses vaisseaux en trouvant des cercueils,
N'aurait jamais non plus conduit dans les écueils.....

Soit bonheur, soit malheur, grâce au mépris ils vivent;
L'un amasse toujours, et les autres écrivent.
Loin aussi que jamais la basse ambition
Des Tailleurs altéra la réputation,
Leur pays les honore et les croit impayables;
Que de noms à nos yeux justement honorables :
Staub, Michiels, Longuillet, Ébling, Barde, Mignon,
Ducroc, Baron, Neumann, Rouget, Gaut, Berthelon,
Fargasse, Kremer, Schvartz, Lemké, Berchut, Laffitte,
Sont tous du plus haut ton, et du plus haut mérite.
Pujol, Jansens, Deker, De Guelle, Chevalier.
Si je voulais ici du catalogue entier

De tous les noms fameux présenter l'étalage,
Il faudrait plus d'un jour pour un si long ouvrage.
L'Univers retentit de leur célébrité;
Leur état, le premier de la grande cité,
De cent milliers de bras occupe l'industrie :
Ornement de l'État, soutien de la Patrie,
Autant, plus que Ternaux, ils tiennent à l'honneur!...

Si pour gagner beaucoup on était un voleur,
Paris, à mon avis, ne serait qu'un repaire :
Combien d'états divers à bien plus grand salaire
Prétendent avoir droit : écoutez ce docteur :
De sa bouche s'écoule un conseil malfaiteur;
La renommée en fait un grand puits de science,
Tout ce qui vient de lui doit donc être sentence :
Chacun de ses arrêts vaut une pièce d'or;
Si de suite il ne tue, il épuise un trésor.....

Il est à ce sujet une plaisante histoire :
Ce docteur fameux, Gall, qui moissonne la gloire
En prouvant aux humains que leur esprit est corps;
Qu'automates vivans, d'organiques ressorts
Font seuls agir, penser, l'âme toute matière.
Un jour donc ce docteur de très-longue lumière,

Exigea cent écus d'un riche consultant
Qui, plein de confiance en son rare talent,
Venait connaître si, quoique matérielle,
Sa personne du moins était spirituelle.
L'esprit sur tous le corps fut cherché vainement :
J'en suis fâché, Monsieur, répondit franchement
Le docteur consulté, vous n'êtes qu'une bête ;
Nulle bosse d'esprit n'enrichit votre tête.....
L'homme, tout en payant, de fous et d'imposteurs
Amplement traita Gall et nos nouveaux docteurs.

Voyez cet avocat prolonger une affaire,
L'embrouiller, l'obscurcir, pour la rendre plus claire ;
Chaque jour il lui faut grosses sommes d'argent :
Soit qu'il perde ou qu'il gagne, il ruine un client ;
Tous les gens de justice ont un si riche titre,
Qu'aux yeux des combattans toujours ils mangent l'huître.

Si par d'autres détails je voulais maintenant
Parcourir chaque état, non sans étonnement,
On verrait de chacun l'immense bénéfice,
Sans qu'aucun néanmoins s'accuse d'injustice.
Notre Baron, d'un mot, gagnerait mon procès,
S'il daignait révéler ses rapides succès ;
Sa petite fortune est des plus merveilleuses,

Les sources à savoir seraient très-curieuses :
Cessons de le presser; ce Monsieur, sans rougir,
Ne peut sans doute pas publiquement s'ouvrir.
Au moins qu'il sache donc que, pour faire un reproche,
On doit auparavant examiner sa poche.

Très-illustres Tailleurs, soyez-en bien certains,
Personne ne prétend vous disputer vos gains.

Revenons à l'habit, et convenons ensemble
Des formes, des couleurs. D'abord, il me le semble,
Le noir est préférable; et si cette couleur
Fût presque de tout temps la teinte du malheur,
Le goût du jour en fait la couleur favorite
Des gens à qui l'on croit de l'esprit, du mérite;
C'est celle du clergé, c'est celle du barreau,
C'est celle également des hommes de bureau;
Dans les cercles je crois de la haute volée
Assez communément on la voit assemblée.
Non, rien de plus commun;... du matin jusqu'au soir,
Combien de gens, bon Dieu! partout je vois en noir!...
Des Pairs, des Députés, des Préfets, des Ministres;
Je vois en noir ces gens à visages sinistres,
Des Marquis, des Barons, des Ducs, des Chevaliers,
Des Banquiers, des Prélats, tous amis familiers;

Nombre de grands Seigneurs faussement populaires,
De petits avocats, nos pauvres doctrinaires
Qu'on ne comprend jamais sans les comprendre en mal,
Esprits très-bien placés dans le règne animal.....
Des hommes à tout vent, d'incertains royalistes,
De prétendus savans et leurs apologistes ;
Des faiseurs de chansons, de romans, de journaux,
Tous ces auteurs enfin sottement immoraux :
Tout est noir ici bas où la folie abonde :
On dirait qu'un long crêpe enveloppe le monde ;
Et que de la raison la terre est le cercueil :
De la raison des fous les sages sont en deuil.
Soit que mort au bon sens, soit que j'y vive encore,
Je le veux, le prétends que le noir me décore.

A la forme j'y tiens ; comme je suis Français
Et veux paraître tel, je ne mettrai jamais
Habit et pantalon que de forme française :
Ni cosaque, ni russe, encor bien moins anglaise ;
Mon goût est prononcé : quant à mon pantalon,
Comme je suis petit, je voudrais qu'il soit long ;
Qu'il ne soit pas étroit, il faut pouvoir le mettre
Pour le porter : ni large, en bas son diamètre
Sera d'un demi-pied ; même proportion

Jusques à la ceinture. Avec attention
Qu'on garde d'aplatir mon collet sur la nuque;
Ce genre ne convient que pour porter perruque :
Collet trop élevé me déplairait autant;
Je veux à mon habit collet demi-montant.
Je t'en préviens aussi, garde qu'on ne figure
Au milieu des devans une longue couture.
Il n'est rien, d'après moi, de si laid, de si sot,
Que le goût d'aujourd'hui des manches à gigot.
Sans m'étrangler le corps que l'habit se boutonne;
C'est un bizarre goût qu'à peine je pardonne.
Que mon habit s'arrête au-dessus des jarrets,
Et qu'il ne vienne pas me battre les mollets :
Surtout j'aimerais mieux voir ma personne nue,
Que de porter des pans comme queue à morue.
Le drap, bien entendu, sera beau, superfin,
Et le travail parfait, des plus finis; enfin
Ton talent si connu fera que ma toilette
Ne blesse en aucun point la plus stricte étiquette.

Pour que l'habillement soit tout-à-fait complet,
Que ton talent y joigne un élégant gilet,
D'un beau tissu de soie : il est des gens qu'on n'ose
Mettre au rang des humains, que de semblable chose

Nature notre mère aurait dû revêtir.
Mon goût pour le gilet, il faut t'en prévenir,
Serait qu'il fût à sohall : ses formes gracieuses
Laissent à découvert les pierres précieuses
Que l'on offre avec art aux coups d'œil opportuns :
Dans la société les brillans sont communs ;
Mais presque tous sont faux, et que les vrais sont rares !
J'en vois beaucoup aussi de vilains, de bizarres.

J'en ai formé le vœu, je veux être jaloux
D'avoir de beaux habits et de nombreux bijoux :
De ces joujoux parés que d'hommes à merveilles
Qui laissent entrevoir deux très-longues oreilles !

Il ne me reste plus qu'à donner ma hauteur :
Tu dois par ton état être dessinateur ;
Et conséquemment donc, en sachant ma stature,
Tu sauras des habits la parfaite mesure.
D'abord très-tempérant, quoique ne jeûnant point,
Mon corps n'a même pas un léger embonpoint ;
Je porte un mètre, plus trois dixièmes de mètre :
Parmi les grands, tu vois, je ne pourrais me mettre.
Tout mon corps me paraît bien proportionné :
Ainsi pour ton travail voilà le plan donné.

Il n'est plus qu'un seul point qui très-fort me tracasse,
Dont le haut, le grand ton jamais ne s'embarrasse;
Il est même blessé qu'on ose lui parler
De dette, de mémoire, ou de compte à régler :
L'essence du bon ton est en tout d'être à l'aise,
Et pour payer il faut que le moment lui plaise.
En attendant qu'un jour je puisse parvenir
A ce bon ton suprême, il faut te prévenir
Qu'en ce moment mon coffre est dépourvu d'avances,
Qu'il ne peut aujourd'hui que payer d'espérances,
Et que, si tu ne veux m'accorder du crédit,
Il va falloir encor porter mon vieil habit....
Pourtant sans habit neuf maints objets que je traite,
Vont rester avec moi cloîtrés dans ma retraite.
Si déjà tu jouis d'un état florissant,
La gloire en est à toi; tu sais par ton talent
Fixer à tes travaux l'inconstante fortune;
Pour moi, crois-le, jamais ma voix ne l'importune;
Loin d'ambitionner ses dons et ses bienfaits,
J'ai repoussé vingt fois tous ceux qu'elle m'a faits.
Comme d'autres je puis attirer ses largesses,
Comme d'autres je sais la route des richesses :
Serait-on tourmenté de la soif de l'or,
Veut-on en peu de temps amasser un trésor :

Qu'on spécule hardiment sur tous les vains caprices
Des trop légers mortels, sur leurs besoins factices ;
On pourra, profitant de leur avidité,
S'enrichir aux dépens de leur frivolité.
Plus que tout je chéris mon ingrate carrière;
Elle entendra la voix de mon heure dernière.....
De s'obliger le ciel nous a fait une loi :
Est indigne du jour qui ne pense qu'à soi.
Je le vois bien, tu n'as aucune confiance :
Puisqu'il en est ainsi, je veux payer d'avance,
Et payer largement : ma générosité
Dès ce moment ajoute à ta propriété.
Je te cède le fonds de la présente Épître;
Ma parole est donnée, et vaut le meilleur titre.
Tu parais maintenant douter que je sois lu !.....
Que t'importe? Il suffit que je sois bien vendu.
Invite à déjeuner deux ou trois journalistes,
Et tu les entendras, complaisans publicistes,
Même avant de m'ouvrir, crier au merveilleux;
Assurer que jamais on n'a rien lu de mieux :
Leur voix volant bientôt d'un pôle à l'autre pôle,
En peu de temps pour toi j'aurai joué mon rôle.
Pour donner du débit ils n'ont qu'à le vouloir;
J'ai vu vendre par eux du méchant papier noir.....

Aux libraires surtout ne prétends pas me vendre ;
Ne tente même pas : tu n'en dois rien attendre.
Les manuscrits chez eux ne se vendent qu'au poids ;
C'est chez ces méchans juifs d'invariables lois :
Ils forcent les auteurs, lorsque la faim les presse,
Par ce chemin honteux de marcher à la presse.
On a beau leur crier que l'esprit n'est pas lourd,
De tous ces marchands-là l'entendement est sourd....
Aussi tous les auteurs bien loin de l'opulence
Habitent-ils toujours ; la gêne et l'indigence
Règnent en leur demeure, et leurs nombreux talens,
Le fruit de leurs travaux, engraissent leurs tyrans !
Le budget cependant a soin qu'ils puissent vivre ;
Tous sont, excepté moi, couchés sur le grand-livre.
Si, ne pouvant avoir annuel traitement,
Je recevais au moins quelque encouragement,
J'aurais plus de courage, et ma plume moins lâche
Recevrait tous les jours une très-forte tâche.
Je sais qu'on a des fonds, le budget nous l'a dit,
Et le long Moniteur tous les ans nous l'écrit :
Soit qu'ils passent ailleurs, soit qu'on s'en encourage,
Je n'en vois jamais rien, aussi jamais d'ouvrage.....

Nos tyrans ont encore un moyen d'opprimer :

Lorsqu'à tes propres frais m'ayant fait imprimer,
Et déposé chez eux comme fonds de boutiques,
Qu'ils m'auront dispersé chez toutes leurs pratiques,
Tu viendras partager, donner leur ration,
Ils sont gens à vouloir partage du lion :
Leur donner dix pour cent est plus qu'ils ne méritent.

D'autres craintes encor très-fortement m'agitent;
Veillons, prenons bien garde à la contrefaçon :
Si le succès m'en veut, ta paraphe et ton nom
A peine empêcheraient des voleurs, des faussaires
D'imprimer en secret des milliers d'exemplaires.
Parmi nos usuriers choisis les moins mauvais;
Je n'aimerais pas trop paraître à ce Palais,
Souillé toutes les nuits par cent mille sottises :
Il s'y vend tous les soirs d'indignes marchandises,
Pires, sur mon honneur, que les draps de Ternaux,
Mauvaises à peu près comme certains journaux.
On dit la marchandise usée et dégoûtante,
On la dit venimeuse, on la dit infamante;
Ce qu'on ajoute encore est beaucoup plus affreux :
On dit qu'il est des lois pour ce marché honteux,
Qui du bétail infâme encourage la vente;
Qu'on en tire un tribut pour augmenter la rente.....

Quel esprit infernal a pu dicter ces lois ?
Il voulut à l'honneur nous enlever nos droits.
Comment donc mépriser la doctrine perverse
Des fils de Mahomet ! moins vil est leur commerce :
Là c'est un innocent et timide bétail
Que de féroces loups enlèvent au bercail ;
Aucun de ses enfans ne courre à l'infamie,
Sur leurs bourreaux revient toute l'ignominie.
Mahomet rougirait du scandale odieux
Dont pourtant chaque jour nous repaissons nos yeux.
Honte à ma nation ! Je voudrais que la foudre,
Marchandise, acquéreur, réduise tout en poudre,
Étouffât à jamais ce foyer corrupteur !.....
De la France innocente éternel déshonneur!
Ne me rends pas témoin de pareilles affaires ;
A l'heure du marché je veux fuir les libraires :
Et pour connaître ceux dont le commerce est franc,
Regarde si tu vois flotter le Drapeau-Blanc.

Afin d'accélérer la vente lucrative,
Par les feuilles du jour dis que ma plume active
Va livrer au public quelques portraits nouveaux ;
Qu'ils sont des plus piquans, des plus originaux,
Que chacun de mes vers est un trait de lumière,

Et que derrière moi je laisse La Bruyère
Ces contes et tous ceux que nos adroits flatteurs
Sauront bien débiter aux crédules lecteurs,
Procureront de suite un très-gros bénéfice.
Maintenant des habits; tu me rendras service ;
Je suis impatient d'éprouver leur effet :
Ma suivante en rendra compte exact et complet.

Post-Scriptum

Au Lecteur.

Argument.

Pourquoi l'Auteur ne fait ni notes ni préface. — Il prie le Lecteur d'obtenir son pardon du Baron. — Offre qu'il fait à ce dernier. — Le Tailleur refuse d'être l'éditeur de l'Épître. — Lettre et dialogue à cette occasion. — Description de la riche toilette de l'Auteur. — Il va chez l'imprimeur, qui veut le faire payer d'avance. — Les imprimeurs. — Triste sort des Auteurs. — Un bailleur de fonds. — Un mot au siècle. — L'Étoile. — L'Auteur fait l'éloge de ses vers. — Prière aux journaux. — Adieu au Lecteur. — Casimir Delavigne et la Liberté.

Post-Scriptum

Au Lecteur.

D'abord sache-moi gré d'avoir pû faire grâce
Contre le goût reçu d'une longue préface ;
Qu'ici je ne présente à tes yeux déjà las,
De notes insignifiantes,
De notes décourageantes,
Un ennuyeux amas.
Avec cela pourtant une stérile plume
Augmente des deux tiers son trop petit volume :
Malgré tous ses efforts ne pouvant plus en vers
Accommoder sa triste prose,
Au naturel elle en donne une dose,

Qu'elle place à tort à travers.
Ce serait à mon âme un cas de conscience,
D'insulter à ce point à ton intelligence ;
S'il est un sens secret, au lieu de l'éclaircir
On doit de l'entrevoir te laisser le plaisir,
Et ce n'est qu'aux enfans qu'une mère attentive
Ajoute à l'aliment la force digestive ;
Mais tous ces grands esprits ont tant de profondeur !
Et comment pourrions-nous, pauvres esprits vulgaires,
De leur vaste génie atteindre la hauteur,
S'ils ne s'accompagnaient de très-longs commentaires ?
Se noyaient-ils ainsi ces savans immortels
Qui de l'antiquité reçurent des autels ?
Ont-ils osé se croire au-dessus de leur âge ?
Sans doute ils avaient tort, ils n'ont point de passage
Que l'on n'ait de nos jours richement commenté ;
On ne se souvient plus que quinze ans à l'école
A force de *pensum* un savant irrité
Grava tout l'alphabet dans notre esprit frivole.

Mais, Lecteur, je m'égare et sors de mes habits.
Je disais seulement, sans notes ni préface
Reçois avec bonté mes modestes écrits :
Heureux si tu m'entends sans faire la grimace ;

Car, devrait-on un jour me conduire au trépas,
Sur tout ce que j'ai dit je n'en reviendrai pas.
Je m'étais proposé de payer ta constance
D'un riche Post-scriptum : ma bonne volonté
Impuissante te cède à ma stérilité;
A plus fort, on l'a dit, jamais de résistance.
Adieu donc; mais avant, si tu vois le Baron,
Tu devrais, je t'en prie, obtenir mon pardon :
J'ai dû tirer parti de sa méchante affaire;
A l'éloge bien plus l'épisode est heureux,
Il le réveille, le rend moins froid, moins ennuyeux.
Je devais, il est vrai, craindre de lui déplaire;
Mais lui-même, à ma place, il en eût fait autant :
En chantant les Tailleurs, pouvais-je sous silence
Passer un fait public de si grande importance,
Et ne pas les venger d'un outrage sanglant?
Qu'en peut-il craindre? rien : ses cent manufactures
Le portent avec gloire aux nations futures.....
S'il a peur, avec lui fais cet arrangement :
Puisqu'il est riche, eh bien! j'y consens, qu'il achète
De l'écrit qu'il craint trop, l'édition complète :
L'imprimeur en tira dix mille seulement.
Je fais en sa faveur un très-grand sacrifice;
Je renonce à l'espoir d'un très-long bénéfice,

Toute une éternité mes Tailleurs seraient lus!
Pour la faible valeur de quinze mille écus,
Je lui vends par contrat le fonds de mon ouvrage,
Il m'appartient encor; car mon correspondant,
A qui, comme tu sais, j'en avais fait hommage,
Pour qu'il pût me fournir des habits au comptant
A refusé l'échange et trompé mon attente:
Il me faut te conter cette scène plaisante :

UN DOMESTIQUE, présentant un paquet.

Votre tailleur vous fait l'envoi d'habillemens.

L'AUTEUR.

Je ne m'attendais pas à tant de promptitude;
Déjà mon habit neuf! de son exactitude
De ma part fais-lui mille remercîmens.

(*Il examine l'habit.*)

C'est un drap superfin!... à sa belle encolure
L'habit paraît soigné : quelle riche tournure!
A merveille je gage il va coiffer mon corps.

(*Il l'essaye.*)

Fort bien, ma foi! je peux le chausser sans efforts.
Mais qu'est-ce donc? mes bras sont perdus dans les manches!

Quoi ! des deux bras manchot ! serait-ce le bon ton ?
On a mis, j'en suis sûr, les bras au pantalon,
Les jambes à l'habit :

(*Il ôte l'habit et passe sa jambe dans une manche.*)

L'épaule monte aux hanches.
Justement, j'ai dit vrai ; le tour est fort plaisant !
Que je l'essaye encor ; oh ! quel corsage immense !
Bien loin de m'étrangler, dans son sein mon corps danse ;
Il pourrait emboîter l'Anglais le plus puissant.
Reprends l'habit, tu vois quelle étrange méprise.

LE DOMESTIQUE.

Pour certain c'est l'habit qui vous est destiné.
Mon maître devant moi l'a trop examiné.

L'AUTEUR.

Ta réponse, garçon, augmente ma surprise :
Il ne m'a pas compris ; aurais-je commandé
Deux habits dans un seul ! Ce que j'ai demandé,
C'est un habit de mode, un habit de parade,
Et cet habit sur moi jouerait la mascarade.
Ton maître est-il tailleur ?

LE DOMESTIQUE.

Il en possède un fond

L'AUTEUR.

Je le sais ; mais dans l'art est-ce un homme profond ?...

LE DOMESTIQUE.

Il ne m'appartient pas de décrier mon maître.

L'AUTEUR.

Il amasse de l'or, c'est assez en connaître.

LE DOMESTIQUE.

Mon maître, qui d'habits est assez gros marchand,
En maisons, en hôtels, est aussi commerçant.

L'AUTEUR.

Peut-être il ne sait pas bien faire une couture;
Avec le plus grand soin j'ai donné ma mesure :
Moins trois pouces cinq pieds, bien fait, ni gros, ni gras ;
Voilà que d'un grand homme il me donne les bras.
Un géant, un colosse, un ventru personnage ,
A peine en remplirait le monstrueux corsage.
(*Examinant l'habit.*)
Mais grand Dieu ! qu'aperçois-je ? un collet tout crasseux
Et des revers rapés !... dois-je en croire mes yeux ?
Ton maître est donc fripier ? ou par quelle aventure
M'envoyer un habit mal fait et dégoûtant ?

L'impuissance où je suis d'acheter au comptant,
Ne pouvait m'attirer une semblable injure.

LE DOMESTIQUE.

Attendez, j'oubliais de remettre un billet
Qui sans doute à vos yeux excusera mon maître.

L'AUTEUR.

Un billet! quel pourrait en être le sujet?
De suite il fallait donc me le faire connaître.
(*Il ouvre.*)
De la prose... fi donc! il devait en beaux vers
Racheter son collet et ses hideux revers!
(*Il lit.*)

Monsieur,

Je m'empresse de vous adresser un habit que je vous prie d'accepter; je souhaite qu'il puisse vous convenir.

Un don! pauvre tailleur! si je ne puis sans honte
Porter son vieil habit, trop large de moitié,
De bonne intention je dois lui tenir compte.

Je vous remercie d'avoir exercé votre verve en faveur de l'état de tailleur. Vous l'avez parfaitement vengé de l'insulte que lui avait faite le Constitutionnel: c'était réellement une ruse de guerre de M. Ternaux, pour faire partir une quantité de mauvais dra-

qui se pourrissaient dans ses magasins. Ses torts envers nous sont d'autant plus réels, que s'il a plusieurs roues à sa voiture, il nous en doit au moins une.

Vous avez un talent facile; vos divers tableaux de la mode m'ont surtout charmé :

C'est flatteur !

seulement vous n'avez pas saisi ma couleur,

A son tour vraiment il fait pitié ;
Je n'ai dit nulle part qu'il fût bon royaliste ;
Je n'oserais penser qu'il soit Bonapartiste ;
Il n'est pas Libéral; d'habit neuf, élégant,
Au lieu d'un vieil habit, il m'aurait fait présent.

et je désire que vous changiez les nombreux passages où se trouve la couleur opposée.

Oh ! c'est trop exiger : la couleur qui m'honore
Est la seule couleur que chérit un Français.
Je lui veux trop de bien pour publier jamais
Qu'il se pare en secret d'un ruban tricolore;.....
Le diffamer ainsi serait mon désespoir.

Autrement, Monsieur, trouvez bon que je ne livre pas votre ouvrage à l'impression.

Assurément voilà sévère alternative !

(*Au domestique.*)

De suite ne pouvant répondre à sa missive,
Dis-lui que faire mieux n'est pas en mon pouvoir.
Il faudrait, m'écrit-il, refondre mon ouvrage,
Mentir à ma pensée, abjurer la raison;
A travail si nouveau quel serait l'avantage?
Pour joindre au vieil habit quelque vieux pantalon?
Impossible;... qu'il craigne avec sa politique
D'émouvoir un peu trop mon humeur satirique.
Je le crois galant homme et Français plein d'honneur;
L'esprit de mon Épître est l'esprit qui m'anime.
En célébrant son art, je l'ai peint sans couleur:
Il peut, il doit au moins souffrir que je m'imprime.
Je veux tel que je suis, sans contrariété,
Malgré tout le désir que j'aurais de lui plaire,
Que l'Épître en entier puisse le satisfaire,
Marcher par mes Tailleurs à l'immortalité.

Tu m'avoueras, Lecteur, que cette double injure
Ne m'appartenait pas: dans un méchant habit
M'envoyant un refus du plus léger crédit,
S'arroger sur mes vers les droits de la censure!...
Il aurait mérité que sans ménagement
Je l'eusse à ma manière habillé richement.

Garde-toi de juger une classe honorable
Sur mon correspondant : je le dis estimable ;
Mais il faut que l'estime aille à Fortiori :
C'est un demi-tailleur ; son état favori
Est commerce secret, si riche en bénéfices,
Que bientôt se bornant au trafic d'édifices,
A son collègue habile il va laisser le fond ;
Et l'état, celui-ci l'aime et le sait à fond.

Tu vois que des Tailleurs pour venger la mémoire
A mes propres dépens il faudra m'imprimer.
Cet obstacle imprévu n'a fait que m'animer.
Assure le Baron que le bien de sa gloire
Demande qu'au plutôt il soit mon acquéreur.

O revers de fortune! ô honte! ô déshonneur!
Pourquoi fus-je tenté de reparaître au monde?
Quittai-je un seul instant ma retraite profonde?
D'un outrage mon front n'aurait pas à rougir.....
Lis, tu vas partager la fureur qui m'enflamme,
Mon indignation va passer dans ton âme :
Un tailleur complaisant, au gré de mon désir,
M'avait fait des habits de la plus riche mode ;
Du goût le plus nouveau j'avais suivi le code
Dans toute ma parure : un zéphyr transparent

Secondait mon gilet, sur lequel mollement
Mon jabot étalait ses rouleaux de batiste,
Ombrageant mille plis, dus aux doigts de l'artiste,
La fameuse Lebeuf, lingère du bon ton.
Un blanc tissu de lin, la belle mousseline,
Enveloppant mon cou, caressait mon menton;
Sur son nœud à rosette était la perle fine
Enchaînée au rubis brillant de mille feux:
Ensemble ils produisaient un effet merveilleux.
Jusqu'au scrupule allait le soin de ma parure;
Chapeau fin de Dessens, bas noirs de soie à jours,
De ma jambe embrassant les assez beaux contours,
Venaient se perdre enfin dans la fine chaussure
Prise chez Sakoski. A l'annulaire droit
Un jonc étincelait, et large chevalière
Pressait l'index gauche en son contour étroit.
Chaîne, clef, cachet d'or de qualité première,
Décelait aux regards une montre de prix:
Par ruban moiré noir à mon col suspendue,
Une lorgnette offrait son secours à ma vue.
Ajoutons à cela que moi-même surpris
De ma métamorphose, avec assez d'aisance
J'avais, sans le vouloir, certain ton d'importance.
L'habit de Lemercier, et ses plis gracieux,

Magique talisman pour l'esprit d'une belle,
Aurait-il pu du mien tenir la parallèle?
S'il était élégant, j'étais tout radieux!
Peut-être tu prendras la fin de mon histoire
Pour un conte à plaisir: à peine puis-je y croire:
Ne rêvant que succès, paré comme un seigneur,
Fort de mon manuscrit, je cours chez l'imprimeur:
Tout étant convenu, je laissais mon ouvrage
Et je sortais... —Monsieur, vous ignorez l'usage,
Dit, en me rappelant, l'imprimeur étonné:
—Quel est-il, s'il vous plaît? —On doit payer d'avance.
Immobile, l'œil fixe, un air tout consterné,
Et les deux bras pendus, je gardais le silence.....
A peine revenu, qu'outré, sans dire mots,
J'arrachai mes papiers et lui tournai le dos:
Ne sachant pas encor que la loi fût commune,
J'allai de suite ailleurs éprouver ma fortune:
Partout même impudence et même cruauté!
La presse ne gémit qu'après l'argent compté.
Les auteurs, il est vrai, dans leurs fécondes veilles,
Pensent à l'univers enfanter des merveilles,
Et leurs œuvres à peine ont entrevu le jour,
Que la nuit de l'oubli les couvre sans retour.
Mais encor est-il vrai que c'est à leur génie

Que tous ces ouvriers doivent d'avoir du pain :
Que s'il n'enfantait plus, ils mourraient tous de faim.
Loin de souffrir en paix leur basse tyrannie,
Ce serait aux auteurs à leur dicter des lois ;
Ils devraient pour punir ces ingrats mercenaires,
Délaisser à jamais leurs méchans caractères.
La disette d'esprit les mettrait aux abois :
En vain tenteraient-ils d'éditions complètes
D'inonder le public, de ranimer les morts :
La mine est épuisée ; à leurs basses recettes
Ils les confesseraient d'inutiles trésors,
Ils nous prieraient bientôt de reprendre la plume ;
Mais fermes refuser jusqu'au moindre volume.
C'est un ingrat métier que celui des auteurs ;
Leur superbe Parnasse est trop loin de la Bourse,
Et vers elle jamais, désertant ses hauteurs,
Leur Pégase fougueux ne dirige sa course.
Au moins si, relégués dans le fond des déserts,
S'enivrant de parfums, au milieu des concerts,
Tous pouvaient habiter la cime poétique ;
Mais, si des voyageurs le dire est véridique,
A sa base stérile on voit nombre aspirans
Y consumer leurs jours, sans fleurs, sans harmonie,
Et des sons malsonnans de leur cacophonie,

Fatiguer les neuf Sœurs, effrayer les passans.
Les imprimeurs, tu vois, ont craint la banqueroute,
Et pour te parvenir j'ignore encor la route;
Mais je la chercherai..... Si richement vêtu
J'avais étudié l'art de la galanterie,
Peut-être jeune dame, à bourse bien garnie,
Me ferait quelque avance..... il m'est trop inconnu!
A mes trop pauvres vers il faudrait un Mécène :
Je leur préférerais simple bailleur de fond;
Mais à sa sûreté je n'ai point de maison :
Pour lâcher son métal il exige un domaine.....
O siècle de lumière! où sont donc tes vertus?
Ton égoïsme affreux n'est que ton moindre vice;
Mais ton flambeau pâlit, et ton règne n'est plus,....
Ils renaîtront ces mœurs que flétrit ta malice!

Si par quelque moyen je recevais le jour,
Tâche de parvenir à notre jeune Étoile;
Lorsque la nuit commence à dérouler son voile,
De feux déjà brillans elle éclaire à son tour.
De nautonnier fameux sa lumière empruntée
Pourrait tenir, je crois, plus hautes régions :
Malgré tout, j'y consens; que par elle vantée
Mon Épître un instant soit un de ses rayons.

Que ce soit en effet plume d'une excellence,
D'un censeur du pouvoir, qui, veillant sur la France,
Salut au Roi donné, dans journalier combat
Défende avec honneur les causes de l'État,
Qu'importe? si leurs voix sont des voix monarchiques,
Et qu'on fasse de moi des récits magnifiques :
C'est ma condition, un éloge complet,.....
Et sans rien en rabattre. A mon noble sujet
Leur justice le doit : riches de poésie,
Brouillans d'esprit, mes vers respirent le génie;
Les règles, le français, sont partout respectés;
Bien coupés, suspendus de leurs deux hémistiches,
Tous mes vers, orgueilleux des rimes les plus riches,
Ne le cèdent en rien aux vers les plus vantés,
Ma pensée est toujours offerte par image :
Figure à chaque mot; qu'exiger davantage?
Mais non; sans charité leur docte tribunal
A besoin de critique : il forgerait du mal
S'il n'en pouvait trouver. Loin que son indulgence
Des plus légers défauts taise l'inconvenance,
Elle les agrandit; et sur mille beautés
Qui rachètent cent fois d'une plume distraite
Les écarts peu nombreux, sa voix, restant muette,
Nous prive de profits et d'honneurs mérités.

O! Messieurs des journaux, permettez que je vive!
Avant de l'avoir vu, ne m'ôtez pas le jour.
A la clémence au moins un instant de retour,
Modérant les rigueurs d'une plume offensive,
Dites le moins de mal que le commanderont
Honneur et conscience, et ce qu'ils permettront
De plus avantageux et de plus honorable :
Je ne réclame rien que de très-équitable.

Maintenant j'ai tout dit, je quitte mon sujet :
Cependant, cher Lecteur, je le quitte à regret;
Je pouvais, à propos, des abus de parure,
Parler de ces auteurs à riche ouverture,
Qui ne renferment pas scrupule de raison.
Un exemple à l'appui, n'est pas hors de sasion :
Au hasard; Delavigne en ses Messéniennes :
Tu connais l'étranger, qu'autour de l'univers
Le poète promène en magnifiques vers :
  Nourri de mœurs barbares et payennes,
Ce voyageur d'abord, sous les murs de Cadix,
Insulte les soldats du fils de Charles dix.
  Rome chrétienne à ses yeux est déserte;
  Pas un Brutus, le poignard à la main,
    Harangue le peuple Romain;

Pas une guerre, et pas même une alerte.
A Paris il accourt : les Français avilis
Courbent un abject front, sous le sceptre des lys...
« O honte ! est-ce là cette France
Sur qui la liberté fondait son espérance ?...
Tant d'efforts généreux, couronnés de succès;
Tant de héros, trente ans de lutte opiniâtre,
Devaient-ils aboutir à la voir, idolâtre
De ses anciens tyrans, esclave pour jamais ! ..

Liberté, mot sanglant ! talisman des rebelles !
Furie échappée aux enfers !
Elles saignent encor, tes blessures cruelles ;
Assez de nos sanglots tu formas tes concerts ;...
Assez de notre deuil tu formas ta parure,...
Assez long-temps mille calamités,
Nos larmes, notre sang, les cendres des cités,
Te firent un doux breuvage, une douce pâture !...
On voulut te flatter, et c'était t'endurcir,
On te craignit, l'on augmenta ta rage ;
Dissimulant, l'on pensait t'endormir ;
Mais bientôt, ranimant tes soldats au carnage,
Dans les airs effrayés balançant tes drapeaux,
Tu nous épouvantas de tes forfaits nouveaux !...

Voilà ta liberté, cher Monsieur Delavigne
Tu le dis, je le crois, une fièvre maligne
Egare ton esprit... Entre quatre rideaux
Garde, pour ton honneur, de toucher tes pinceaux !
Naguère, il m'en souvient, une épître amicale
Voulant te consoler qu'une plume rivale
Te privât de siéger au fauteuil immortel,
Te disait, et d'un ton plaisamment solemnel :
Tes vers sont trop français pour être académiques !
C'est faute d'imprimeur, à tous j'ai dit lisez :
Tes vers sont-ils français pour être académiques ?
Car tes vers, conviens-en, ne le sont pas assez.
Si ma prose rimée, avec ta poésie
Pouvait lutter, fort de la vérité,
J'attaquerais de front tes chants de liberté ;
Mais de tes mots heureux la trompeuse magie
Pourrait, embellissant l'erreur,
Eclipser le flambeau de ma métaphisique :
Mes chants sont superflus ; atlhète poétique
Le pieux Lamartine est déjà ton vainqueur.
Ses célestes accens, assurant ta conquête,
De t'entendre abjurer nous présagions la fête.
Malheureux, chaque jour, je te vois t'endurcir...
Eh bien ! apprends de moi quel est ton avenir :

Chante ta liberté, proclames-la ta reine!
Des esprits infernaux, poètes comme toi
Et tyrans qui sauront te soumettre à leur loi,
Dans des cachots brûlans, tu porteras la chaîne.

Maintenant que j'ai mis Delavigne aux enfers,
Je désire, lecteur, graver dans ta mémoire,
Qu'un auteur imprimé, tout en cherchant la gloire,
Cherche aussi... tu le sais : si donc mes méchans vers,
Mes grosses vérités, bien lourdement écrites,
A tes yeux ne sont pas tout-à-fait sans mérites;
Seconde mes efforts : que chez tous tes amis,
Par ta protection, je sois bientôt admis.

RELATION

EN

HOMMAGE

AUX

FABRICANS ET NEGOCIANS.

Argument.

Introduction. — Double visite que reçoit l'Auteur. — Querelle. — L'Auteur propose un moyen de vider le différend. — On décide une défense publique. — Diverses descriptions. — Discours du Président. — Discours de l'Avocat-général. — Plaidoyer du défenseur de M. Ternaux. — Plaidoyer du défenseur de MM. les fabricans, négocians et de MM. les Tailleurs. — Catastrophe qui interrompt l'orateur. — Il achève son plaidoyer. — Second discours du Président. — Le Salon d'exposition. — Ce qui s'y passe. — Le Diner. — Scène tragique qui termine la soirée.

TERNAUX
JUGÉ
PAR LE COMMERCE.

Adhuc sub judice lis est.
VIRG.

J'ÉTAIS occupé à repasser mes Tailleurs, mes modes, mon Ternaux, mes Libraires, mes Journaux, en un mot tous les sujets que, pour faire un volume, j'avais mis, bien ou mal, les uns au bout des autres. Cette macédoine est de mode; on fait aujourd'hui beaucoup d'ouvrages qui traitent de tout, et par conséquent ne traitent de rien, comme notre fameuse encyclopédie. Est-ce défaut de savoir dans les auteurs? est-ce frivolité dans les lecteurs à qui l'on veut plaire? je crois que l'une et l'autre cause existent. La clef des sciences est perdue ; son sanctuaire est désert : on est effrayé du long séjour qu'exigent ses Prêtresses, avant de confier la plume qui instruit les hommes. Non, les savans ne sont pas de ce siècle ; je n'en connais pas un seul. Ceux qui osent prendre ce titre ne sont que des Midas, et nos jeunes écrivains des enfans de la Folie. Quoique cette assertion soit un peu dure à avancer, et non moins dure à entendre, je la crois susceptible d'être solidement étayée.

Croirait-on qu'aujourd'hui tous les ouvrages sont de commande ; que ce sont les Libraires qui jugent ce qui peut convenir à l'esprit de la nation ; rien de plus vrai. Ce sont eux qui forment le plan de l'ouvrage ; ils ont des écrivains qu'ils payent à la journée ; ils prient un de ces hommes à grande réputation, de souffrir que son nom décore le frontispice, en lui offrant toutefois un intérêt honnête dans le bénéfice de la vente ; ils impriment, noircissent leurs boutiques et les rues d'annonces et d'affiches, et voilà un chef-d'œuvre. Les hommes de plume du jour ne sont plus que des ouvriers manœuvres. Mais déjà je divague : j'étais, dis-je, occupé à flatter et vanter les uns, à médire des autres, et cela est de rigueur pour être lu et vendu, lorsque l'on frappa à ma porte, ce qui me surprit beaucoup; je n'étais pas accoutumé à recevoir des visites: je loge au cinquième étage, comme tous les auteurs, par ce principe de phisique et de chimie que l'esprit monte en haut : ce principe est souvent contredit dans le monde : bien des esprits restent en bas et la lourde matière, malgré sa gravitation, est portée sur le pinacle. En cela les hommes contrarient les lois éternelles des trois ordres : physique, moral et métaphysique. Soit par amour de la solitude, ou que je n'aimasse pas à être troublé dans mes méditations, soit que je ne voulusse pas, par modestie ou par amour-propre, faire connaître que j'habitais une sphère si élevée, je n'avais donné mon adresse à personne; je devais donc être étonné, en ouvrant, de voir deux élégans me demander si j'étais M. Gustave. Sur l'affirmative que j'en donnai, le premier me remit une copie de mon épître, que, deux jours auparavant, j'avais confiée à une personne qui désirait la communiquer à quelques-uns des principaux tailleurs de Paris. Monsieur, me dit-il, en me la remettant, je fus si charmé de votre production, ainsi que ceux de mes confrères devant lesquels on l'a lue, que de leur part je viens vous exprimer le désir de la voir au plus tôt livrée au public. Ce n'est pas, répondis-je, la mettre entre de bonnes mains, de la confier à celles du public; il y a bien des sortes de gens dans ce public! mais enfin elle lui est destinée, et je suis intéressé plus que personne, à souhaiter qu'elle le flatte autant qu'elle vous a flatté, ou du moins qu'il soit aussi indulgent que vous, et Messieurs vos confrères.

Je suis certain, dit en m'interrompant la seconde personne qui n'avait pas encore ouvert la bouche, que ce souhait ne sera pas accompli. J'étais présent par hasard à une lecture de votre manuscrit, et j'ai été indigné de la manière indécente dont vous traitez l'homme le plus recommandable du commerce. Le public éclairé, au suffrage duquel vous devez tenir infiniment, partagera mon indignation. Je me suis fait un devoir de venir vous rappeler à vous-même : vous pouvez louer et chanter les tailleurs et les modes, sans calomnier un homme qui jouit de l'estime générale. Monsieur, lui répliquai-je, je ne sais quel intérêt vous porte à prendre si chaudement la défense du calomniateur des marchands de draps et des tailleurs ; vous tenez peut-être un de ses dépôts? non Monsieur, je ne suis nullement intéressé dans le commerce de M. Ternaux, et je ne suis ni tailleur ni marchand. — C'est peut-être vous qui êtes l'auteur de l'article en sa faveur. — Dispensez-moi de répondre à vos questions; veuillez seulement être persuadé que vous avez tort de ternir une réputation justement acquise. Je soutiens que l'article a dit vrai en révélant à la France le trop grand bénéfice des tailleurs, et l'opiniâtreté des marchands à tenir les draps à un taux si élevé. M. Ternaux en cela a bien mérité de son pays. Parbleu, Monsieur, reprit brusquement le tailleur, je ne sais qui vous êtes; mais il faut être bien hardi de répéter devant moi les sottes calomnies de Ternaux contre mon état. Nous sommes trop au-dessus de tout ce que son ambition démesurée lui a fait vomir contre nous, pour ne pas le mépriser; nous n'en avons souffert qu'un instant, et bientôt l'opinion publique a été éclairée sur le principe honteux de ses prétendues révélations, et en a fait justice.

Tous deux, rouges de colère, paraissaient disposés à pousser la querelle plus loin; ne sachant pas trop jusqu'où elle pourrait aller, *principis obsta*, dis-je en moi-même; je me mets entre eux deux, et leur dit: Messieurs, la retraite d'un homme de lettres est l'asile de la paix et du silence : les Muses sont les sœurs d'Apollon, et non pas les filles de Mars; si elles se plaisent à chanter les combats, c'est toujours loin des camps et du théâtre de la guerre : je ne souffrirai donc pas que votre discorde les chasse de mon réduit, si elles me font l'honneur de m'y venir visiter. Écoutez, il me vient une bonne pensée : il vous souvient, comme à moi, que Bossuet et Jurieu, divisés d'opinion et jaloux chacun de conquérir à son parti la pensée du public, descendirent dans l'arène, et là, en présence de spectateurs, témoins et juges, se battirent à outrance, sans que ni l'un ni l'autre ne fût tué ni blessé. Imitez-les ; c'est le seul genre de combat que j'approuve : la force ne fait pas le droit. Si vous ne vous croyez pas assez éloquens, prenez chacun un avocat. Réunissez dans un vaste salon un nombre suffisant des intéressés de chaque parti, choisissez des juges éclairés et intègres, pour prononcer la sentence, à laquelle de part et d'autre on jurera d'avance de se soumettre sans appel. J'accepte, dit de suite le tailleur : la sentence, j'en suis sûr, ne fera que rendre authentique et confirmer le jugement du public. J'accepte avec le même empressement, dit aussi l'antagoniste : si, par vos mensonges, votre ruse, vous avez aliéné à M. le baron Ternaux une foule de vos pratiques, nos débats assurément les lui ramèneront. Eh bien ! c'est convenu, consenti et arrêté, dis-je à mon tour, qui se dédira aura tort. Pour moi, je vais attendre le jugement. Si Monsieur le Baron triomphe, je lui voue un poëme entier, dans lequel je peindrai MM. les Tailleurs comme des voleurs, des coquins, des escrocs, dignes depuis vingt ans de la potence. Si au contraire il succombe, alors qu'il tremble! car je noircirai encore le portrait que j'ai fait de son personnage. Ainsi, Messieurs, allez en hâte tout disposer, et ayez la complaisance de m'informer du lieu et de l'heure des débats. Avant de prendre congé de vous, je vous prie de faire en sorte que les plaidoyers soient en vers, car je déteste la prose, et, dans mon post-scriptum, j'ai promis au Lecteur de ne pas lui en donner une seule ligne, excepté celle qu'il trouverait dans ma poésie. — C'est à quoi je ne puis m'engager, et même n'y comptez pas. — Il est vrai que la langue de la chicane n'est pas celle de Racine : cependant les héros d'Homère et de Virgile se sont disputés en vers, pourquoi ne les imiteriez-vous pas? Au moins que vos harangues soient du Démosthène pur. Adieu, Messieurs, faites diligence : je me suis engagé à paraître incessamment, et rien n'est affreux comme de manquer à sa parole. Le salut échangé, les deux concurrens partirent : je prêtai l'oreille, et je les entendis qui déjà convenaient ensemble des préparatifs.

La pensée de joindre de la prose à mes vers me tracassait; mais les Libraires, juges du goût du jour, m'avaient si souvent répété que l'on ne voulait plus de vers, et que l'on n'en lisait plus, que je me tranquillisai, en pensant qu'un supplément en prose, loin de nuire au débit, l'augmenterait peut-être.

Deux jours après je reçus une lettre d'invitation. Six heures très-précises était l'heure du procès. J'écrivis de suite à mon sténographe que j'avais besoin de son talent, pour recueillir des débats du plus haut intérêt, et de ne pas manquer de venir me prendre le lendemain à cinq heures. Le jour dit, je m'habillai avec la même élégance que ce jour de honteuse mémoire, qui éclaira les affronts dont m'abreuvèrent MM. les Imprimeurs. Mon sténographe arrivé, nous partîmes en toute hâte. J'oubliais de dire que j'avais prévenu mes deux champions que je voulais garder l'incognito.

Je fus surpris, en arrivant au lieu désigné, de ne pas voir la porte cochère illuminée. Dans la cour, je vis un grand nombre de domestiques, de cabriolets et d'équipages. Plusieurs jeunes gens en gants blancs se tenaient sous le vestibule, faiblement éclairé, pour conduire les dames. N'arrivant pas même en cabriolet, on regarda à deux fois mon billet d'entrée. Nous enfilâmes une allée qui nous conduisit dans une seconde cour où, en plein midi, l'on n'aurait pas eu un plus beau jour, tant elle était bien éclairée par les ifs, les guirlandes de lampions et les feux de couleurs. Dans la première pièce étaient de jeunes laquais qui gardaient les manteaux, les pelisses et les schalls de leurs maîtresses. Un suisse nous ouvrit la porte d'un vaste salon brillant de lumière, et où se trouvait déjà réunie une nombreuse société. Elle formait çà et là des groupes dont la conversation à voix presque basse me parut fort animée. Une riche draperie de tissu amarante décorait la salle, et un lustre magnifique produisait cet éclat de lumière qui me frappa en entrant, et qu'augmentait encore la réflexion de huit glaces, chacune de six pieds au moins de hauteur.

Ne connaissant personne, j'eus le loisir, en attendant l'ouverture de la séance, de promener un œil observateur sur la société. L'élégance de la parure me frappa; toutes les dames étaient en velours ou en satin. Cette mise presque générale en noir, donnait à l'assemblée un ton de gravité qui cadrait assez bien avec le but sérieux de la réunion et l'objet qui occupait les esprits. Quoique novice observateur des modes, je ne pus qu'admirer le talent des Leroy, des Garsons, des Victorine, des Huchez, des Deschamps, des Joseph, des Augustine, des Louvet Plantin, des Louise : ces illustres artistes s'étaient surpassées. Les formes étaient si agréablement variées, que l'on s'apercevait à peine de la monotonie de la couleur. Les pélerines de tulle à riches broderies, les colerettes de dentelles des Beury, des Bonnaire, des Dubosc Leloup, des Saint-James, des Poitrineau ; les sautoirs, les écharpes des Clément, des Gau, des Evrard, des Garnier ; quelques palatines, et quelques hermines des Lagrave et des Lassaut, relevaient la mise des dames et ajoutaient infiniment à la grace de leur parure.

Les plus célèbres modistes, les Mure, les Leroy, les Corot, les Louvet, les Guérin, les Herbault, les Débray, les Delavigne, les Debreucq, avaient également fait de grands frais de talent ; leurs légers chapeaux de gaze, leurs toques gracieuses, étaient surmontés et couronnés des belles fleurs, des aigrettes altières et des plumes majestueuses des Natier, des Lanature, des Prévot, des Batton, des Bazin, des Denevers. J'admirai particulièrement deux toques ornées du magnifique oiseau du paradis, et quelques turbans entrelacés de perles fines et étincelantes de pierreries. En m'extasiant sur l effet enchanteur des modes et de la parure, je trouvais que mon épître à mon Tailleur était beaucoup au-dessous de son sujet ; car elle est loin de donner une idée du charme qu'une parure élégante répand dans une société

Ce grand soin de toilette n'était pas déplacé, dans cette réunion : pour moi, il m'a été fort utile ; il a agrandi mes idées, et, pour peu que j'éprouve de satisfaction de mon retour à la mode, je m'engage volontiers à achever un tableau qui n'est plus à mes yeux qu'une esquisse imparfaite ; seulement, j'aurai à craindre que ma plume ne soit pas assez légère pour un sujet si délicat.

Je m'informai si M. le baron Ternaux, que des yeux je cherchais en vain, assisterait à la discussion : on me répondit qu'une indisposition le retenait à son hôtel. C'est assez adroit de sa part, pensai-je en moi-même ; s'il gagne le procès, ses amis sauront bien publier son triomphe et en tirer tout le parti possible ; si au contraire il le perd, il pourra protester contre la sentence.

La salle d'audience s'ouvrit alors et chacun alla prendre place sur des banquettes de velours cramoisi. La salle était profonde : je jugeai de suite qu'elle avait servi ou qu'elle servait encore à des comédies bourgeoises ; ce qui ne m'en laissa plus douter, fut cette dévise : *Ridendo verum*, que l'on lisait sur la boiserie qui servait d'avant-scène. Sur une toile peinte, placée dans le fond, les couleurs du peintre avaient représenté Molière, un fouet à la main, chassant devant lui les vices et les ridicules, sous la forme d'espèces de furies qui, en se sauvant, laissaient tomber leurs masques.

Le parquet de la scène n'était élevé que d'un pied, et était recouvert d'un magnifique tapis. Sur la table, placée devant cinq fauteuils, était un tissu mérinos blanc, autour duquel était un large galon d'or, et au-dessous de belles franges à grains d'épinard, également en or. A la droite de cette table, en était une petite, ornée de la même manière et destinée à l'Avocat Procureur.

Au-dessous de la scène étaient encore deux tables placées l'une en face de l'autre, couvertes d'un drap vert, avec franges et glands en soie de même couleur. Deux marche-pieds, couverts d'un tapis, élevaient un peu au-dessus de la société les deux défenseurs qui déjà étaient assis devant ces tables.

Nous foulions également sous nos pieds un très-beau tapis à relief et tranchant sur le fond : deux beaux lustres éclairaient ce charmant Tribunal.

Le maître de cérémonie, sitôt que la société fut placée, annonça la Cour. Nous nous levâmes, et vîmes paraître six Messieurs qui nous saluèrent d'un air gracieux et à plusieurs reprises, et allèrent occuper les fauteuils qui leur étaient destinés. L'avocat-Procureur et les quatre juges, placés aux côtés d'un Président, étaient d'un âge de 56 à 60 ans; le Président était un vieillard à cheveux blancs comme la neige, et qui, encore qu'il se tînt très-droit, paraissait avoir au moins quatre-vingts ans. Les membres de cette respectable Cour étaient, comme je le jugeai d'abord, et comme je l'appris ensuite, d'anciens commerçans retirés des affaires.

Je traduis maintenant mot à mot le travail du sténographe. Le Président se lève, et, d'une voix sonore et encore assez forte, dit :

Messieurs et Mesdames,

Je m'honore de présider cette charmante réunion : j'ai accepté avec plaisir l'offre qu'on m'en a faite, persuadé que l'aimable société au sein de laquelle je devais me trouver, ne pouvait être qu'une assemblée d'amis, et que vos prétendus différens n'étaient qu'une partie de plaisir. L'honneur a toujours présidé vos affaires et vous place tous au même rang. L'activité, le talent, le génie, peuvent seuls distinguer une maison d'une autre. L'émulation non-seulement est permise, mais elle est l'âme du commerce comme des arts. C'est à cette précieuse vertu que l'on est redevable de toutes les découvertes et de tous les perfectionnemens ; sans elle tout languirait et demeurerait dans une stagnation honteuse et funeste à la société dont les besoins vont toujours croissans.

» De tout temps les Français ont joui, dans le monde commerçant, de la réputation de négocians, je ne dis pas pleins d'honneur, mais même pleins d'une extrême délicatesse. Mieux que personne, je puis le savoir : pendant quarante ans, j'ai voyagé dans les deux hémisphères, et j'ai vu partout que c'était à nos Français que l'on accordait le plus de considération et le plus de confiance. Je sais, qu'en France, quoique moins que partout ailleurs, il se trouve des gens qui se font un jeu d'employer la fraude, et qui, par calcul, manquent à l'honneur ; mais le commerce français les renie et les rejette de son sein, et au milieu de vous tous que j'ai vus naître, dont j'ai vu s'élever et se former les maisons, la fraude et le manque d'honneur sont des mots qui ne doivent pas même être prononcés. Chacun de vous est l'honneur et la gloire du commerce français ! »

De longs applaudissemens répondirent au discours de l'ancien du commerce, et ne cessèrent que lorsque l'Avocat général se fut levé, et eut réclamé l'attention.

Il parla en ces termes :

«Je partage le sentiment de notre respectable Président. Nous nous sommes réunis, plutôt pour passer agréablement une soirée, que pour être témoins du triomphe d'un parti sur un autre, et même il n'est ici aucun parti. Nous sommes entrés amis, et nous nous quitterions, s'il était possible, meilleurs amis encore. Ce n'est au dépens de personne que nous prétendons nous égayer. Cependant, pour remplir mes fonctions de cette soirée, je vais faire connaître les griefs que MM. les fabricans et marchands de draps, ainsi que MM. les Tailleurs, croient avoir contre la maison Ternaux : toutefois ne m'obligez pas à un trop grand sérieux.

» Ces Messieurs blâment M. Ternaux d'avoir, 1° fait une exposition particulière dans son hôtel ; 2° d'avoir dit ou du moins donné à entendre que, pouvant sans se priver d'un bénéfice raisonnable, donner des draps superfins à 46 et 48 fr., ils les vendaient 60 et 65 ; 3° d'avoir dit que MM. les Tailleurs gagnaient 35 à 40 pour cent, sans compter les rognures (et des rognures de tailleur) (On rit) ; d'avoir par-là jeté de la défiance dans l'esprit de leurs pratiques, et conséquemment de leur avoir nui considérablement.

» Voilà en peu de mots les plaintes formées. Je m'interdis toute réflexion; quoique les attributs de mon ministère m'autorisent à tonner contre les prévaricateurs, et à appeler sur leur tête la sévérité des lois, vous m'en dispenserez; c'est un devoir qui n'entre nullement dans mes goûts. Je me flatte que les explications, qu'en présence de toute l'assemblée, nos éloquens défenseurs vont mutuellement se donner, étoufferont à jamais ce foyer de discorde apparente. »

L'Avocat général s'étant assis, le défenseur de la partie accusée se leva, et, d'un ton moitié plaisant, moitié solennel, parla ainsi:

« Assez, dans cette honorable assemblée, me connaissent pour savoir qu'aucun intérêt particulier ne m'engage à prendre la défense de M. le baron Ternaux. Son mérite personnel et les grands services qu'il a rendus à la société, voilà le double motif qui m'anime, dans une tâche facile à remplir. J'entre de suite en matière.

» On blâme M. Ternaux d'avoir fait une exposition particulière dans son hôtel. Eh! pourquoi? Soit que le but du Baron ait été de faire une simple exposition accessoire, soit que ce fût pour se procurer du débit, le motif ne peut en être blâmable. Les immenses produits de ses nombreuses manufactures exigent un débit immense ; autrement, ce fabricant éprouverait des pertes considérables, ou plutôt le défaut de vente entraînerait une ruine totale. Une exposition était un moyen très-propre de révéler aux acquéreurs les marchandises de tout genre et en quantité presque infinie qu'ils pouvaient trouver dans les magasins de la compagnie Ternaux ; on pouvait donc, je dis plus, on devait, afin de recouvrer ses avances, faire cette exposition. La jalousie seule peut lui en faire un crime ou au moins un manque de délicatesse. Si, de tous les manufacturiers, seul il a conçu l'idée d'une exposition particulière, c'est que nul, comme lui, a autant de produits, et conséquemment autant besoin de vendre.

On le blâme ensuite d'avoir annoncé qu'une diminution grande et générale était opérée dans tous les tissus de laine ; que lui, par exemple, pouvait donner à 40 et 48 fr. les draps que les consommateurs payent habituellement 60 et 65 fr. Ce reproche ne peut encore venir que de la jalousie et du dépit ; mais le public lui en a su gré : il n'a vu et n'a pu voir dans cette révélation que grandeur d'âme, délicatesse de conscience, désintéressement, amour du bien public, en un mot, les qualités qui font l'honnête et loyal commerçant. Son intérêt particulier demandait qu'il gardât le silence sur ce bon marché. Eh! Messieurs, si, sacrifiant sa conscience à l'appât du gain il eût vendu 65 fr. les draps qu'il pouvait donner à 48 fr, jugez quel bénéfice considérable il aurait joint à celui qu'il faisait déjà. Sur deux millions de marchandises, d'un seul mot, il s'est privé de près de 500,000fr.

» Il m'est également facile de faire tomber les plaintes de MM. les Tailleurs; puisque réellement les draps de toute qualité ont éprouvé une grande diminution, et personne n'osera en disconvenir, la conséquence rigoureuse qu'on en doit tirer, c'est que le prix des habits doit également diminuer. Il ne faut pas grande logique pour faire ou saisir ce raisonnement.

» Quant aux rognures, toutes les pratiques savent que c'est un de leurs bénéfices : qu'ils en sont en possession de temps immémorial (on murmure), et il n'a pas entré dans l'esprit de l'auteur des articles de prétendre leur inspirer des remords, ni attaquer le moins du monde leur honneur et leur probité.

» Ce sont donc là les grands reproches que l'on prétend faire à la maison Ternaux ? Ai-je dû parler sérieusement, en repoussant d'aussi faibles atteintes ? Que dis-je ? Ce qui, aux yeux de la France entière, augmente la gloire de M. le baron Ternaux, et le tribut de reconnaissance que lui payent, à l'envié, ses concitoyens, on voudrait lui en faire un sujet de honte et de déshonneur ! Non, Messieurs, j'ai une trop haute idée de la justice et de la loyauté des personnes qui m'environnent, pour m'arrêter un seul instant à cette pensée. Je suis convaincu au contraire que cette soirée est une fête préparée à l'un de nos plus recommandables concitoyens, et que le bouquet dont on veut le surprendre, sera de le proclamer avec moi l'homme du commerce, le père de l'industrie !... »

Le président, les juges et l'avocat-général, firent plusieurs signes d'approbation. Un air de triomphe animait tous les visages Ternaux, tandis que les autres fixaient leur défenseur avec inquiétude, et tâchaient de lire sur son visage et dans son maintien, s'ils devaient espérer encore. Les dames surtout paraissaient consternées. Je fixai aussi le défenseur ; sa tournure calme et assurée me donna confiance ; et lorsque les félicitations que recevait de sa clientelle l'orateur qui venait de parler eurent cessé, il se leva et dit :

« Dois-je souscrire, Messieurs, à ce que je viens d'entendre ? Faut-il m'en tenir aux explications indulgentes que l'on vient de donner ? Qu'il me soit permis de prendre les choses un peu plus au sérieux, non pas que je veuille troubler l'idée pacifique dont jusqu'à présent, je vois qu'on s'est formée du but de cette réunion. La maison Ternaux serait jugée aussi digne de blâme que l'on vient de nous la montrer digne d'éloges ; le motif de sa démarche serait aussi vil et bas que l'on veut nous le faire croire grand, noble et généreux; M. Ternaux, au lieu d'avoir droit à ce haut degré d'admiration, aurait encouru le plus profond mépris, que rien n'empêcherait encore que cette réunion ne fût toute amicale. Je ne la considère en effet que comme une assemblée de famille présidée par le patriarche du commerce. Tout ce qui se passe ici, est secret de ménage; et l'intention expresse de mes cliens est que rien ne transpire au dehors. La querelle que nous voulons vider est déjà vieille : le public l'a presque oubliée. Si ma partie en a souffert, elle n'en souffre plus, et la partie, auteur de l'insulte, l'a chèrement payée, en est encore cruellement punie, et en souffrira sans doute long-temps encore. Ainsi, quoique l'outrage ait été public, nous n'exigeons pas que la réparation le soit. Nous voulons seulement convaincre entre nous un membre de la famille qu'il a manqué à la délicatesse, à l'honneur et à la justice. La leçon que je veux lui donner lui est inutile, car je ne crois pas qu'il soit jamais tenté de retomber dans pareille faute, mais elle sera profitable aux jeunes commerçans qui se trouvent dans cette assemblée. Ils graveront dans leur esprit que rien n'est odieux et nuisible à soi-même comme de chercher à perdre ses confrères pour en tirer profit. Je réclame un instant d'attention.

» Blâmerai-je M. Ternaux d'avoir fait une exposition particulière? Non, Messieurs; l'honorable préopinant en a donné des motifs trop plausibles. Je ne veux pas même y voir un acte d'ostentation; la prétention d'effacer ses confrères, par le fastueux étalage de ses riches et nombreux produits, n'est pas une intention qui ait pu l'honorer. Je me borne à croire qu'elle ne lui a été inspirée que par le désir et le besoin de rentrer dans ses fonds. D'autant plus que, vû les dépenses considérables qu'avaient tout récemment nécessité les nouveaux métiers de ses fabriques, vû le peu de débit que depuis plusieurs années il faisait de ses produits, on peut raisonnablement présumer qu'il lui était urgent de réaliser des capitaux. D'ailleurs, en faisant cette exposition, il a usé d'un droit dont tout commerçant pouvait user comme lui : elle n'a donc à mes yeux rien de condamnable.

» Mais ces prétendues révélations de bon marché sont-elles aussi faciles à excuser? sont-elles l'effet du désintéressement et de l'amour du bien public? Il m'est pénible, ainsi qu'à mes cliens, d'être obligé d'y voir des principes tout opposés. Elles reposent sur une erreur si grossière, que, dans des personnes aussi éclairées que le rédacteur de l'article et que M. Ternaux, elles ne peuvent qu'être l'effet de la mauvaise foi et de l'intention de surprendre la confiance publique, pour en tirer avantage : vous allez en convenir avec moi.

» L'article sur l'exposition, inséré le 18 septembre 1823, dit que l'on peut avoir à 46 et à 48 les draps superfins que l'on paye habituellement 60 à 65 francs. Ainsi, d'abord, les fabricans qui, tous à l'exposition, avaient des draps cotés de 20 jusqu'à 65 et 90 francs, trompent le public : ils ne lui tiennent compte ni de la diminution des matières premières, ni de l'économie de la main-d'œuvre.

» L'amour de son pays l'emporte sur le danger d'encourir le ressentiment de ses confrères : c'est un devoir pour M. Ternaux de les dénoncer; il révèle les secrets du métier. Le meilleur de nos manufacturiers annonce solennellement à la France qu'une diminution grande et générale est opérée dans toutes les étoffes de laine.

» Les annales du commerce ne renferment aucun fait d'une nature aussi surprenante. Entendre un homme se proclamer le seul qui ait de la probité!.....

» Quel a été le premier effet de cette solennelle proclamation? On est tombé dans le piège : de suite la foule s'est portée dans le bazar de la place des Victoires, et a enlevé tout ce qu'on lui a présenté; il ne pouvait en être autrement : jusque-là M. Ternaux avait joui de la plus haute réputation : plusieurs années de suite il avait été Député de son pays; le peuple savait que les commerçans lui portaient eux-mêmes une grande considération; qu'ils l'avaient chanté; disons tout, en un mot : la France l'estimait! Etait-il possible alors qu'il pût venir dans l'esprit d'une seule personne, que cet homme, si généralement estimé, abusait de sa confiance au point de faire, en grand, ce que les charlatans font en petit au coin des rues et sur les places publiques : je veux dire, tout en annonçant un extrêm bon marché, vendre les marchandises au-dessus d leur valeur ou au moins les vendre grandement tou ce qu'elles valent ? c'est là cependant l'œuvre de l maison Ternaux.

» De tout temps, des espèces de marchands annoncèrent, par des placards, de prétendus Draps de 70 60, 40 et 20 fr. à 10, 20, 40 et 50 fr. Ces placards cependant ne faisaient pas accourir la foule des acquéreurs : pourquoi ? parce que le public sait qu'à Paris dans tous les états, ces annonces sont une ruse de métier, et que, dans ces boutiques au rabais plus que dans toutes autres, on court risque d'être trompé.

» Est-il vrai, Messieurs, qu'il ait existé à l'époque de l'article une grande diminution dans toutes les étoffes de laine ? Oui, répondrai-je. Mais cette diminution était-elle considérable, et du jour au lendemain, comme on l'a avancé ? Oui, elle était considérable : mais loin d'avoir été spontanée, elle datait d'une époque déjà éloignée, et ne s'était accrue que progressivement. Je parle ici à des commerçans, et ils savent qu'aucune cause n'aurait pu occasionner tout d'un coup cette diminution prodigieuse ; qu'aucune surabondance de laine n'est venue précipitamment encombrer les magasins des fabriques; qu'au contraire, la guerre d'Espagne, en nous empêchant de tirer de ce pays, en totalité ou en partie, celles qu'il nous fournissait d'habitude, aurait pu y apporter une cherté quelconque.

» Mais, est-ce à M. Ternaux que les consommateurs sont redevables de la révélation subite de cette diminution dans le prix des laines? C'est ici, Messieurs, que les expressions me manquent pour qualifier l'impudence et la fourberie de l'article.

» A proportion que les laines ont diminué et à mesure que les métiers perfectionnés par la mécaniqu, s'introduisant dans les fabriques, y apportaient quelque économie dans la main-d'œuvre, les Mandron, les Rulon, les Trotochot, les Boulanger Lannet, les Ricard Hulin, les Duruflé, les Victor Martin, les Truelle et Lefort, les Legras, les Rattler et cent autres grandes maisons de commerce connues du monde entier, n'ont-elles pas diminué progressivement le prix de leurs étoffes? Ce sont des faits publics qui écrasent aujourd'hui les auteurs de l'article, qui ne nous persuaderont jamais qu'ils purent les ignorer. Une seule maison de commerce, Messieurs, tenait ses draps au-dessus du cours; cette maison, quelle est-elle? la maison Ternaux. C'est un fait non moins public et certain que ceux que je viens de citer, qu'avant sa proclamation elle vendait plus cher qu'aucune autre maison. Ainsi, Messieurs, concevez si vous pouvez ce rapprochement : la veille, la maison Ternaux vend au-dessus du cours, et le lendemain elle publie une vente de 30 pour 100 au-dessous!... Fut-il jamais rien de plus monstrueux en commerce? Quel négociant a jamais été capable d'un tel écart?... Est-ce ainsi, Messieurs, que vous avez fait ou que vous faites le commerce? M. Ternaux ne se borne pas à révéler qu'il gagnait 40 pour cent de trop, il accuse tous ses confrères de faire encore cet injuste bénéfice. Ses draps qu'il vend 46 et 48 fr., sont de qualité égale à ceux que les autres marchands vendent 60 et 65 fr. Si cette assertion est vraie, M. Ternaux est un coupable qui, cédant à ses remords, veut devenir honnête homme et forcer ses complices à imiter son édifiant exemple : mais sa dénonciation ne serait-elle pas une calomnie?

Ici l'auteur fut interrompu par le bruit que l'on faisait à la porte; on entendait: « Non, Monsieur, vous »n'entrerez pas; il fallait venir plus tôt. On m'a défendu »expressement, sitôt que la séance serait commencée, »de laisser entrer qui que ce fût. — J'entrerai, répon-

»dait le tardif arrivant, en prenant un octave plus haut; » ma lettre est signée de l'avocat de M. le Baron. Je » suis nécessaire ici : je viens augmenter le nombre » des amis du meilleur fabricant de draps. Faute de ma » présence, son parti trop peu nombreux pourrait suc- » comber. » Alors il pousse le gardien, ouvre la porte, et, faisant un violent effort pour se débarrasser de celui qui le retenait, il se trouve au milieu de la salle; mais les deux devans de son habit étaient restés entre les mains du fidèle suisse. Au milieu des éclats de rire de toute la société, j'entendis notre nouveau personnage s'écrier d'un ton lamentable: « Du drap de 48 fr.! Un » habit que je mets pour la première fois! c'est une abo- » mination! » Une dame, qui probablement était son épouse, le tirait par son pantalon, en lui disant: assieds- » toi, c'est un malheur.» L'homme tempêtait toujours. «Mais assieds-toi donc, répéta son épouse: ne trouble » pas davantage la séance.» Elle le tira alors si fort, que le morceau, depuis le haut de la cuisse jusqu'au genou, lui resta dans la main. Oh! alors on ne s'entendit plus dans la salle. Furieux de confusion, maudissant l'assemblée et criant à l'oppression, l'habillé Ternaux sortit de la salle aussi brusquement qu'il y était entré. Le suisse n'eut garde de se trouver sur son passage; seulement lorsqu'il vit la dame qui, en marmottant, suivait son époux à petits pas précipités, il s'avança pour remett les deux devants et lui adresser quelques excuses : u soufflet appliqué avec un peu de colère, le fit reculer à une distance respectueuse.

La gaîté presque bruyante dura long-temps; elle ne cessait que pour recommencer de plus belle : enfin le calme se rétablit, et l'orateur reprit la parole en ces termes :

« En vous entretenant, Messieurs, de la faible qualité des étoffes Ternaux, j'aurais eu à craindre que l'on crût les réflexions que j'aurais pu faire à ce sujet, dictées par l'animadversion; mais la scène plaisante qui vient de se passer, prouvant d'avance ce que je puis en dire, je ne crois donc pas devoir le taire entièrement, et, par là, vous jugerez vous-mêmes quelle doit être la solution de la question que je me suis adressée; par-là aussi ce sera moi qui réellement révélerai les secrets du métier.

A l'origine de ses fabriques, M. Ternaux eut du succès. Le bon esprit qui règne en France, fait que l'on se plaît à encourager les nouveaux établissemens, et pour peu qu'ils répondent à la confiance qu'on leur accorde d'abord gratuitement, ils sont sûrs, sinon de prospérer, au moins de se soutenir. M. Ternaux fut plus heureux encore; il eut la vogue assez long-temps. Mais enfin l'on se plaiguit qu'outre que les anciennes maisons vendaient toutes moins cher, que ses draps inférieurs en beauté et en finesse étaient de moindre durée: les tailleurs ne pouvaient lui faire prendre toutes les formes qu'exigeait l'élégance des modes. On en chercha la cause, et l'on découvrit que, dans tous leurs draps, même ceux de première qualité, les fabriques Ternaux employaient des laines trop courtes, de la bourre, les rebuts des tissus mérinos; qu'à la laine ils mélangeaient du coton dans les étoffes où il ne devait pas y en entrer; qu'enfin, par une économie mal placée, ils n'y mettaient pas assez de fils.

» Aussi, comme vous venez d'en être témoins si fort à propos, les draps Ternaux et compagnie se déchirent facilement, et crèvent lorsqu'avec le doigt on essaie de les percer. De là vient aussi que, sous le fer chaud du tailleur, au lieu de s'affermir, ils s'affaiblissent, et se rétrécissent au lieu de se prêter.

» Des défauts aussi grands produisirent l'effet très-naturel d'éloigner des fabriques et des magasins tous ceux qui s'y fournissaient. Depuis lors, les produits de chaque année des fabriques de la maison Ternaux sont venus les uns sur les autres encombrer ses magasins. Cependant il fallait s'en débarrasser ; il fallait même absolument réaliser des valeurs. Que faire? On remplit l'hôtel de toutes ces marchandises arriérées ; et, au son du tambour et de la trompette, on appelle les chalans. Voilà dans tout son jour, avec la plus exacte vérité, et sans craindre le moindre démenti, le secret de la ruse Ternaux.

» Je donne donc pour preuve de l'infériorité des draps de M. le Baron, les témoignages de tous les marchands qui ont cessé depuis plusieurs années d'en alimenter leurs magasins; je donne ce défaut de débit ; je donne son exposition elle-même, et c'est une des preuves les plus frappantes. Pourquoi se trouvait-il deux millions de marchandises? c'était évidemment parce qu'il n'avait pu les placer les années précédentes, et cela, évidemment encore, à cause des vices essentiels de ses produits. Il se trouve pour deux millions de marchandises, et les Bacot, les Poupart de Neuflize, les Lemoine Desmars, les Cunin Gridaine, à Sédan; à Louviers, les Jourdain Ribouleau, les Gerdret, les Morinville; à Elbœuf, les Turgis, les Constant et les Legrand Duruflé, les Grandins, les Hayet Lambert, les Bourdon et Petou ; à Brionne, les Lemarrois et Corbele, ont toujours leurs magasins et leurs dépôts vides : leurs fabriques vont jour et nuit, et ils ne peuvent suffire aux nombreuses commandes qui leur sont faites. D'où vient cette différence, sinon que les produits Ternaux sont encore loin d'approcher de la beauté, de la solidité et de la finesse des produits de ces illustres fabricans ?

» Répondez vous-même maintenant à la question que je me suis faite ; décidez quelle est la nature de la dénonciation faite par M. Ternaux. Décidez si tout le commerce français a manqué à l'honneur, tandis que le seul M. Ternaux y serait demeuré fidèle ; il est dégoûtant de s'appesantir sur de semblables pensées. Eh ! tous les commerçans sont encore français ; lui seul a cessé de l'être !..

» Je passe maintenant à ce que l'article a d'injurieux pour MM. les tailleurs. Vous me dispenserez premièrement de relever les expressions de mauvaise plaisanterie dont le bel esprit de l'auteur, inspiré par M. Ternaux, a cru devoir se servir. Je croyais un membre de l'institut (on assure que telle est sa qualité), incapable de manquer ainsi aux usages ; et comme ses railleries et son ridicule portent une teinte de mépris, je répondrai pour mes cliens, que l'on n'est pas exposé au mépris pour exercer un état ou un métier, mais bien lorsque l'on insulte une classe nombreuse de citoyens honnêtes, paisibles et utiles à la société. Ses plaisanteries, mal placées dans un article sérieux, sont lâches. Ce qui prouve que l'auteur et M. Ternaux n'avaient dessein que de tourner les tailleurs en ridicule, ce sont ces rognures qu'ils leur reprochent si mal à propos. Le tailleur de son village, à qui sans doute il a disputé ses rognures, s'est peut-être rendu coupable de ces petits larcins; mais il doit savoir qu'à Paris, les tailleurs n'achètent pas des aunes de draps, mais des pièces: et que les Parisiens ne sont pas comme lui dans l'habitude d'aller chez leurs tailleurs le drap à la main.

» Si M. Ternaux était le seul fabricant de drap qui existât, la conséquence serait forcée, les tailleurs devraient vendre leurs habits très-bon compte. Mais comme je l'ai prouvé plus haut, puisqu'il est des fabriques dont les draps, par leur beauté, leur bonté, leur finesse, ne peuvent être donnés moins de 50, 60, 65 et même 90 francs, les déclamations de l'auteur tombent d'elles-mêmes. Ajoutez à cela que les façons, loin de diminuer, augmentent: les modes, plus exigeantes de jour en jour, réclament plus que jamais les soins, le travail et l'art des ouvriers. Les plus habiles d'entre eux emploient quatre, six et souvent même huit jours à faire un habit de forme ordinaire. Lorsqu'ils gagnent cinq francs dans une longue journée, c'est chose rare. Monsieur de l'institut, ainsi que son protégé, ne se croiraient sans doute pas trop heureux d'un tel salaire, et cependant, comme eux, les jeunes tailleurs ont des besoins à satisfaire et des plaisirs de délassement à se procurer. Que M. Ternaux imagine une mécanique qui fasse 10920 points par minute, comme il a un métier qui fait 10920 maillés, et alors, son tailleur au lieu de lui prendre 60 francs de façon pour un habit, pourra se contenter d'une pièce de cinq francs. Vous ne saviez peut-être pas que M. Ternaux eut un tailleur; c'est pourtant réel. Il n'a pas assez de confiance en son propre talent pour s'habiller lui-même. Ayant commencé trop tard à apprendre à couper et à coudre, il est resté apprentif; et, lorsqu'il appelait tous les élégans de Paris à sa boutique de tailleur, la parure de sa personne était confiée à un tailleur de réputation.

» Ce fait me servira de transition pour faire remarquer qu'il faut que M. le Baron soit bien égoïste, qu'il ait bien peu l'esprit de corps : confrère des fabricans, confrère des négocians, confrère des marchands en gros et en détail, confrère enfin des tailleurs, il ne vit en paix et en union avec aucun. S'il se fût borné à tâcher de les éclipser, en fabricant de meilleurs draps, de plus beaux schals, de plus riches tapis, et en fournissant des habits mieux cousus et plus élégans, on l'aurait proclamé l'homme universel ! l'homme par excellence ! et chacune des classes à qui il appartenait, eût avec plaisir reconnu pour son chef un Baron député, eût brûlé l'encens en son honneur ; point de doute même que la place de député à vie ne lui eût été assurée.... Si même, quoiqu'inférieur en tout genre, il eût eu pour ses confrères les ménagemens de bienséance, malgré son ridicule amalgame de fabrication, de négoce, de commerce et de métier, son mérite personnel et les efforts qu'il faisait pour imiter leurs travaux, lui assuraient leur attachement, leur estime et leur respect. Mais rien de tout cela : bien au contraire, il les raille, les décrie, les insulte, les accuse d'injustice, et, sans autre mérite que ses prétentions outrées et quelques succès que sa modestie seule pouvait soutenir, il veut les écraser... Peut-on se conduire avec plus d'imprudence ?

» Vous pensez sans doute qu'il a agi contre ses intérêts, détrompez-vous ; il a voulu faire un coup de commerce, comme un ministre qui, se voyant menacé d'une chute prochaine, fait un coup d'état pour se relever tout d'un coup, ou terminer de suite sa pénible agonie. Quelqu'eût été l'effet de ses dénonciations, M. Ternaux ne courait aucun danger de perte ; le seul risque qu'il encourait, était de réhabiliter en peu de temps l'état de ses finances.

» Comme je l'ai déjà dit, tant à cause de la cherté de la maison Ternaux, qu'à cause da la mauvaise qualité de ses marchandises, nulle maison de commerce ne s'y fournissait depuis long-temps ; l'insolence qu'elle a eue de faire sonner si haut le prétendu crédit qu'elle faisait aux tailleurs, n'en a imposé à personne ; peut-être qu'attirés par le crédit qu'elle offrait elle-même pour tâcher de s'établir une clientelle, quelques jeunes tailleurs, qui, comme dans tous les autres états, ont besoin d'avances aux premiers jours d'un établissement, y faisaient quelques emplettes ; mais on sait que les neuf dixièmes des tailleurs à qui ce reproche, d'autant plus odieux qu'il est un mensonge, s'adresse, n'ont aucun besoin du crédit de la maison Ternaux. Ainsi, d'abord, par son coup d'éclat, M. Ternaux ne craignait pas de perdre des acquéreurs en se les aliénant : il n'en avait pas.

» Comment espérait-il y gagner ? Le voilà : s'il réussissait à persuader aux consommateurs qu'ils trouveraient chez lui des draps de même qualité, et de dix-sept francs moins chers que partout ailleurs ; point de doute que, même les plus désintéressés et les plus généreux, ne quittassent leurs fournisseurs habituels et n'accourussent à ses magasins.

» Mais a-t-il réussi? C'est là que l'affaire prend un caractère plus sérieux encore. Oui, Messieurs, il a réussi. Oui, le complot a eu tout le succès qu'en espérait son auteur. Victime de sa confiance contre laquelle rien ne le garantissait, le public est tombé dans le piège : sans réfléchir qu'il était impossible que trois classes entières manquassent à l'honneur toutes à la fois, et s'entendissent pour le tromper, la foule a rempli les boutiques du baron Ternaux qui lui vendit tout ce qu'il voulut. En peu de temps il se débarrassa d'une partie considérable de ses marchandises, mauvaises déjà par elles-mêmes, et détériorées encore par un trop long séjour dans les dépôts.

» Le public, comme vous le savez, et comme le dit M. le Baron lui-même, ne peut acheter que de confiance, il n'est qu'un coup-d'œil et qu'un tact exercé, qui ne puissent pas être trompés sur le degré de mérite des étoffes, et ce coup-d'œil et ce tact ne se trouvent que dans les personnes de l'état. Rien donc d'étonnant que, joint au défaut de connaissance, la persuasion que l'on achetait de vingt francs au-dessous du cours, n'ait fait enlever des marchandises que l'on aurait eues en meilleure qualité, et à un prix inférieur, dans toutes les honorables maisons de commerce.

» Eh, Messieurs, ne croyez pas que cette assertion soit gratuite ! Un fait, qu'à peine moi-même j'ai pu croire, malgré toute son authenticité, ne la confirme que trop. M. Ternaux dénonce ses confrères comme vendant trop cher, et les meilleurs draps qu'il étalait dans son bazar, n'étaient pas de ses fabriques ! il les avait acheté quelques temps avant son exposition, à d'autres fabricans ; des négocians mêmes qui ne fabriquent pas, lui en avaient vendu plus de deux cents pièces ! Ainsi, Messieurs, c'est en gagnant sur les marchandises de ses confrères, qu'il les offre au public comme vendant de 30 pour cent au-dessus de lui ! Il avait eu la précaution d'arracher la tête de chaque pièce de drap, pour que les acquéreurs ne s'aperçussent pas qu'il se parait des plumes de Paon, mais un fait aussi important ne pouvait rester inconnu. Les fabricans et les négocians outragés avec tant d'effronterie, ont élevé la voix, et l'imposture a paru dans tout son jour. Vous conviendrez avec moi, Messieurs, qu'une ruse si audacieuse est d'un genre tout nouveau. Ce n'est donc pas gratuitement que j'ai avancé que le public pouvait acheter ailleurs que dans les magasins Ternaux, des étoffes de meilleure qualité et à meilleur compte.

» L'on a cru aussi que M. Ternaux se bornait, depuis sa grande proclamation, à un très-modique bénéfice : détrompez-vous encore. Je tiens d'un des familiers de sa maison, que, sur ses prétendus draps superfins, de première qualité et cotés 48 francs, il gagnait plus de 18 francs par aune. Voilà l'homme que l'auteur de l'article donne pour modèle aux commerçans français!

» Qu'est-il résulté du succès de ce charlatanisme? des malheurs qui seront un sujet d'éternels remords pour la maison Ternaux, et qui ne feront envier à personne un bénéfice acheté à ce prix.

» Grand nombre de maisons de commerce, tant qu'a duré l'erreur, se sont vues privées du bénéfice qu'elles avaient droit d'attendre; celles des maisons de tailleurs qui ne se soutenaient que par un travail assidu, ont éprouvé des pertes qui les ont arriérées; celles qui vivaient au jour le jour, se sont trouvées dans le besoin;

et des petites fabriques, des commerçans qui, pour remplir leurs engagemens, comptaient sur leur vente accoutumée, ont failli... Voilà, je le répète, ce qui fera à jamais la honte de la maison Ternaux.

» Ce qui me paraît bien évident, c'est qu'en prévoyant son succès, M. le Baron prévit aussi qu'il serait de courte durée : ce qui ajoute à la certitude que j'en ai, ce sont ces placards placés dans les endroits les plus apparens de son bazar, qui prévenaient les acquéreurs que tout s'y vendait au comptant. L'essence de toute maison de commerce est d'avoir un livre de crédit : ce n'est qu'aux encans, dans les ventes faites par autorité de justice, ou dans celles qui ont lieu par cessation de commerce que tout se vend au comptant; mais il craignait qu'en faisant crédit grand nombre d'acquéreurs, désabusés bientôt par l'indignation publique, et leur propre expérience, ne lui renvoyassent sa marchandise.....

» Ce qu'il avait prévu s'est encore réalisé : son commerce pour la France est entièrement cessé, et, plus qu'avant le 18 septembre 1823, il est obligé d'exporter aux sauvages et aux barbares les misérables produits de ses manufactures; et les Ternaux nombreux, en gros caractères, qui salissent la place Victoire ne sont là désormais que pour réveiller et perpétuer les sentimens de mépris qu'il inspire si légitimement.

» Mais pourrait-on dire : M. le baron Ternaux est-il responsable du zèle indiscret d'un ami ? je souhaiterais de tout mon cœur pouvoir admettre cette excuse en faveur d'un homme que nous avons tous estimé. Par malheur, l'esprit le moins clairvoyant ne pourrait s'en contenter. On est forcé de reconnaître que lui seul a dirigé la plume qui, de toute manière, l'a si malheureusement servi. Le piège eût été trop grossier si lui-même eût fait son apologie. Il fallait au contraire, que le public crût que c'était entièrement à son insçu que l'article avait été imprimé. Mais de quelle bouche que la sienne, le rédacteur aurait-il appris que les draps cotés 48 francs étaient d'égale qualité que ceux des autres fabriques cotés 65 francs ? Un simple littérateur se serait-il permis de proclamer à la France, qu'une diminution grande et générale était opérée dans toutes les étoffes de laine ? Le seul M. Ternaux a pu dans son projet ambitieux égarer le public. Le rédacteur n'était qu'un complice plus ou moins innocent.

» Si, contre toute évidence, une indulgence mal placée s'obstinait à croire M. Ternaux étranger à la rédaction de l'article diffamatoire ; mon ministère, dont l'obliition pénible est de démasquer l'imposture, et dé-fendre les trois classes que M. Ternaux a calomniées, i'il a voulu opprimer, qu'il a eu l'intention si colos-llement atroce de ruiner à son profit, répondra : si était à son insçu que l'article eût été rédigé, inséré publié, il aurait dû frémir à la première lecture qu'il i a faite ; il sait, ou il doit savoir, que rien n'est dé-cat comme le commerce, que le moindre discrédit eut renverser la maison la mieux établie ; il devait, emblant pour quelques-unes des maisons, qu'en son om l'on calomniait, tout démentir dès le lendemain. ire que cette diminution des étoffes de laine était nnoncée depuis long-temps par les autres maisons ; i'il était vrai qu'il pouvait donner une grande quan-té de draps à très-bon compte, mais que c'était à rt qu'on avait dit ses draps de 46 et 48 francs de ême qualité que ceux des autres fabriques cotés 60 65 ; il devait démentir tout ce qui attaquait les tail-urs, tout portant à faux ; et désavouer les sottes plai-nteries de l'article. Ce démenti formel, digne d'un yal négociant, lui eût rallié tous les esprits et eût, en suis certain, autant que ses mensonges, attiré la ule dans ses magasins ; avec cette différence, que son iomphe eût été honorable, et n'eût pas été d'un jour.

» Eh bien ! Messieurs, le démenti qu'il devait au commerce, qu'il devait à la France entière, qu'il se devait à lui-même, l'a-t-il donné ? l'esprit de cupidité qui avait conçu ce projet infâme, n'a pas reculé devant son exécution. Son cœur égoïste, endurci d'avance contre le tort qu'en pourraient supporter ses confrères, soupirait après le succès : il le hâta lui-même. Je lis dans le Constitutionnel du 20 septembre 1823, une lettre de M. le Baron Ternaux : que renferme-t-elle ? d'abord il adresse de grands remercîmens pour la bienveillance et l'étendue des articles en sa faveur ; il se hâte de ratifier une erreur qui ne tendait à rien moins qu'à lui faire perdre 1 f. 40 c. sur ses jupons mécaniques. Viennent encore des remercîmens ; puis il attaque de nouveau les tailleurs, en avançant qu'ils ne peuvent trouver du drap assez beau, pour faire payer les habits le prix qu'ils exigent d'ordinaire.

» Une rancune particulière l'anime contre eux : il avait commencé à faire l'état de tailleur, sur lequel il fondait l'espoir d'un grand débit de ses draps : il l'a quitté cet état, et en passant, je vous laisse aussi un problême à résoudre, savoir s'il l'a quitté, parce qu'il y trouvait un trop grand gain, un bénéfice injuste ?

» Il finit sa lettre en donnant aux consommateurs la marche à suivre pour se mettre à l'abri de la friponnerie des tailleurs. Ainsi, vous venez de l'entendre, M. Ternaux loin de rien démentir, ratifie tout par ses remercîmens: il ajoute encore aux injures faites à MM. les tailleurs: il est donc coupable de tout; c'est donc sur sa tête qu'ont dû retomber les malédictions des victimes de sa fourberie.

» M. Ternaux a fait plus encore: ainsi qu'un habile général tâche de couper toute retraite aux ennemis, espérant par-là assurer leur entière défaite, ainsi notre Baron, soit à force d'or, soit en les intéressant dans l'affaire, a gagné ses apologistes pour qu'aucune insertion ne vînt trop tôt détromper le public. Vingt lettres de réclamation de la part de MM. les tailleurs, lettres que j'ai vues, ont été adressées au Constitutionnel, et ce journal qui publiquement s'engage à insérer toutes les réclamations, qui les sollicite, dont l'esprit est si porté à prendre le parti de l'opprimé, qu'on le voit avec un intérêt difficile à expliquer soutenir les victimes de la juste sévérité des lois; mille fois ne l'avons-nous pas entendu blâmer la main qui s'appesantissait sur les plus grands coupables? ce journal infidèle a refusé opiniâtrement à tout un corps de citoyens calomnié, le seul moyen qu'il avait de se purger aux yeux de la France.

»Il a inséré, il est vrai, quelques réclamations de M. Mandrou en faveur des fabricans et négocians; mais il ne les a insérées que comme celles d'un ennemi; car il se réserve, dit-il lui-même, le droit d'y répondre : ce qui montrait bien que son opinion était pour M. Ternaux ; il ne les a insérées qu'afin qu'elles lui servissent de prétexte pour refuser toutes les autres; il ne les a insérées enfin que parce que l'honorable commerçant n'élevait qu'une voix très-faible. L'homme honnête et délicat a de la peine à dépouiller cette retenue que l'on doit mettre de côté pour faire front à l'impudence.

» Rejetées par *le Constitutionnel*, les réponses justificatives ont été adressées au *Journal de Paris*, qui les a refusées également, en disant que M. le baron Ternaux étant actionnaire du journal, on ne pouvait rien insérer contre lui.

» Le *Drapeau-Blanc*, quoiqu'un peu tard, a élevé la voix en faveur des calomniés, et a inséré quelques réclamations. Je lui en adresse, au nom de mes cliens, les remercîmens dont ils lui sont redevables.

» Je cesse, Messieurs ; je crois en avoir assez dit pour éclaircir la question, et mettre à même qui de droit de prononcer si les plaintes de MM. les fabricans, négocians, et de MM, les tailleurs, sont tout-à-fait dépourvues de fondement, si M. Ternaux doit être proclamé le premier fabricant de France, l'homme du commerce, le père de l'industrie!

» Si nous ne nous étions interdit de donner la moindre publicité à nos petites discussions, ici je prierais MM. du Constitutionnel, qui, en publiant la lettre de M. Mandrou, s'étaient réservé d'y répondre pour l'auteur des articles, je les prierais, dis-je, quand il leur plaira de remplir cette tâche, de répondre également à ce que, par surabondance, j'ai dit ici contre eux-mêmes, en les déclarant complices du calomniateur. De plus, je proposerais publiquement ce cas à décider au plus habile avocat de France, à Me Dupin, par exemple, ou au plus éclairé de nos casuistes:

» Un homme, abusant de la confiance que le public lui porte, jette une défaveur générale sur trois classes entières; par ses calomnies, il est cause que tous, pendant un certain temps, ont été privés du juste bénéfice qu'ils étaient accoutumés de faire; que beaucoup se sont trouvés dans la gêne, et que quelques-uns ont failli. Cet homme est-il tenu à réparer les pertes en restituant les valeurs?

» Si l'on décidait affirmativement, la connaissance que j'ai de tout le tort qu'il a fait dans un très-court espace de temps, me fait lui assurer que Saint-Ouen, ses fabriques, son hôtel, ne suffiraient pas pour réparer ses injustices. J'ai dit.»

L'orateur avait fini de parler, que le plus profond silence régnait encore dans l'assemblée : le président, les juges et l'avocat général, semblaient écouter encore. Le défenseur qui avait parlé le premier, restait la tête inclinée sur sa poitrine, et les mains jointes sur ses genoux. Ceux qui avaient cru le parti des fabricans, négocians, et des tailleurs, ruiné par le premier discours, se regardaient les uns les autres, et semblaient douter de ce qu'ils venaient d'entendre. L'air de triomphe des premiers avait disparu : pâles et abattus, on les aurait pris pour des criminels à qui on venait de lire leur sentence. Les assistans qui n'étaient d'aucun parti, et n'avaient été invités que comme témoins, et parmi lesquels, aux croix et aux rubans qui les décoraient, on en reconnaissait de haute distinction, portaient la surprise et l'indignation peintes dans tous leurs traits.

Personne n'avait encore osé ouvrir la bouche lorsque le vénérable président se leva, et dit d'une voix pleine d'émotion :

» J'étais loin de m'attendre à des réflexions aussi sérieuses : tout-à-fait retiré des affaires, l'article n'était pas venu jusqu'à moi, on m'en parla ; mais je crus que l'on exagérait les torts. Je vous avoue que si j'avais jugé l'affaire si grâve, je vous aurais prié de me dispenser de m'y trouver ; car il m'a été pénible d'apprendre que M. Ternaux ait employé une ruse si indigne de lui. J'ai beaucoup vécu, j'ai beaucoup voyagé, et pareille chose m'est inconnue. Mes enfans, mon âge, mes travaux, peuvent me faire prendre la liberté de vous donner ce titre, si vous m'en croyez, vous ne pousserez pas l'affaire plus loin. Vous convenez vous-même que le public est tout-à-fait détrompé, que vous ne souffrez plus de l'espèce d'attentat fait à votre réputation, oubliez donc tout-à-fait cette étrange insulte.

» Seulement qu'elle vous serve à graver dans l'esprit des élèves que vous formez au commerce, la grande vérité que votre orateur n'a sans doute apprise qu'en étudiant les hommes et la société, mais que je tiens d'une longue expérience : que rien n'est délicat comme le commerce ; que la moindre tache, la plus légère défaveur, le plus léger discrédit, suffit pour perdre à jamais la maison la mieux accréditée ; j'en ai vu cent exemples plus terribles les uns que les autres. L'objet même de notre réunion en est une preuve des plus convaincantes :

vous voyez une calomnie ridicule, absurde à l'extrême, par-là même qu'elle attaquait trois classes entières, faire cependant un mal considérable.

» A la probité, au soin d'une réputation intègre, au soin non moins grand de ne blesser le moins du monde la réputation d'aucun de leurs confrères, vous leur apprendrez qu'ils doivent joindre une vertu non moins essentielle au vrai commerçant, l'amour et l'intérêt de leur pays; ils en trouvent dans vous, Messieurs, l'exemple à imiter. La France, avec moi, vous rend cette justice, qu'en veillant comme vous le devez à vos intérêts privés, vous avez également à cœur l'intérêt commun de vos concitoyens. »

Des vivat mille fois répétés répondirent au discours du chef de l'assemblée.

Alors l'Avocat Général qui était chargé de faire les honneurs de la soirée se leva, et se tournant vers le défenseur de la partie désappointée, lui dit :

« Vous auriez quelque intérêt à soutenir la cause de » M. le baron Ternaux, que vous ne devriez pas avoir » trouvé mauvais que des accusés se défendent de » leur mieux et repoussent les attaques faites à leur

»honneur. La victoire qui paraît se déclarer pour eux, »ne sera pas j'espère un motif de refuser d'assister à »un autre genre de combat. Le Champagne et le Bor- »deaux seront les seules armes dont nous pourrons »nous servir. »

Le défenseur répondit : « Monsieur l'Avocat Gé- »néral me met à mon aise. En repoussant les plaintes »élevées contre M. Ternaux, je croyais m'appuyer sur »des faits certains; ce sont des inexactitudes faites à »dessein : ce n'est plus mon affaire. Quand au Cham- »pagne et au Bordeaux je tâcherai de soutenir leur »choc. »

En ce moment, les deux battans d'une porte s'ouvrent, et la société est invitée, en attendant que le dîner soit servi, à jeter un coup d'œil sur quelques échantillons des marchandises calomniées.

J'entrai avec empressement et je vis le plus élégant bazar du monde; il était de forme ovale, plus éclairé encore que les autres pièces. Autour, mille produits divers étaient étalés avec un art et un goût admirable, et produisaient, par leurs couleurs mélangées, un coup-d'œil si charmant, que nous fîmes tous, en entrant, un mouvement et un cri de surprise. Celui qui nous avait introduit dans ce joli musée, élevant la voix, nous dit : « les marchandises qu'à la hâte, nous avons réunies » dans ce local, offriront aux connaisseurs des preuves » de tout ce que notre orateur a avancé. Elles sont toutes » cotées à leur juste valeur. Les habillemens de divers » formes que MM. les tailleurs ont étalés, portent le » prix des draps et le prix varié des façons. Si vous n'y » voyez le nom d'aucun de ceux qui ont contribué à » cette exposition, c'est que ce n'est pas un concours » entre eux, mais bien l'union de tous contre le calom- » niateur commun ; et ce qu'ils en ont fait, n'est que » pour la satisfaction des personnes qui ont daigné ré- » pondre à notre invitation. C'est aussi dans cette vue » que cette exposition restera telle demain toute la » journée. »

Je vis avec satisfaction que l'on avait invité les plus illustres fabricans de cachemire, de contribuer à la richesse de cette exposition. Il ne me fut pas difficile de reconnaître les merveilleux produits des Lagorce, des Rey, des Bosquillon, des Lainé, etc.

Je ne pouvais être partout ni entendre tout. Seulement je rapporterai deux faits qui nous amusèrent beaucoup.

« Il faut, dit un homme décoré, que votre suisse ait un poignet bien vigoureux, pour avoir ainsi arraché les devans d'un habit neuf, ou bien il faut que ce drap de 48 fr. soit bien mauvais. » « Il faut aussi, ajouta un » tailleur, que l'habit fût bien mal fait : car, quelque » mauvais que fût le drap, si l'habit eût été travaillé comme » les miens ou ceux de mes confrères, il eût été morale- » ment impossible d'emporter les devans, qui sont les en- » droits les plus solides de l'habit. Appelons donc notre » homme, et qu'il nous montre ces devans, s'il les a en- » core. » Il parut : c'était un homme robuste, portant cinq pieds huit pouces. On examine les débris, et plusieurs tailleurs s'écrièrent en riant : « Nous ne sommes plus » étonnés qu'au moindre effort on ait fait brèche... Voilà » les façons que la maison Ternaux a annoncées à 22 fr. » 50 c., compris les fournitures. A ce travail-là, elle doit » encore y gagner. »

» Faisons une épreuve, dit un tailleur; que Monsieur » choisisse l'habit le plus faible de tous ceux qui sont » exposés : ce garçon l'endossera, et servira de point » d'appui et de résistance aux efforts de notre Hercule. » Qui fut dit, fut fait. « Point de ménagement, dit le » tailleur au suisse, pourvu que vous ne lâchiez point » prise, je ne crains pas les éclats. » Enhardi par la gaieté de la société, le suisse saisit son champion par le double collet. « Rangez-vous, mesdames, s'écrie-t-il; au large. » A peine s'était-on reculé, que balançant son adversaire, il l'enlève tout à coup, et lui fait tracer deux fois une circonférence de trente-six pieds. « Bravo ! bravo ! s'écrient les assistans : c'est assez. » On examina l'habit, et l'on vit, qu'aux formes près, rien n'avait bougé. » Cet habit, dit un tailleur, a coûté huit » jours de travail à l'ouvrier ; et, je défie, qu'en le soi- » gnant aussi bien, on le fasse en moins de temps. Je » laisse maintenant chacun de vous juger si l'on peut ne » prendre que 22 fr. 50 c. de façon et fourniture. — C'est » ridicule ; il n'est personne qui ne sente que le prix des » façons doit varier suivant le travail qu'elles exigent. »

« M. Ternaux le sait aussi, dit, en s'avançant, un » tailleur d'assez haute taille : c'est moi qui lui ai pris 60 » fr. de façon, la dernière fois qu'il m'envoya du drap » pour lui faire un habit ; je lui ai compté façon, soierie » et fourniture 120 fr. : il s'est récrié ; mais je lui ai » répondu fort tranquillement que, depuis son article, » les draps étaient à si bon marché, que je les comptais » pour rien, ou du moins pour la moindre chose dans » le prix d'un habit. » Cet aveu plaisant fit beaucoup rire. « Mes confrères ont tort de se plaindre de M. Ternaux, » dit un autre tailleur ; je crois au contraire qu'ils de- » vraient le remercier ; je suis même fâché qu'il ne soit » plus en vogue ; car, je donne sur l'honneur, que je

» n'ai jamais eu tant d'habits à faire que pendant les » six mois qui suivirent son article. Les pratiques qui ne » me commandaient que deux habits en une année, et » qui voulurent suivre le torrent, et s'habiller de Ternaux, m'en ont commandé trois et quatre en six mois. » Je prenais un peu plus cher de façon, parce que le » drap Ternaux, pour que l'habit soit portable, exige » beaucoup plus d'attention et de travail, et je vous assure que je gagnais plus qu'en fournissant le drap : » un habit que je fournis se maintiendra propre pendant » six mois, le porterait-on tous les jours. »

« Je n'ai pas été si heureux, dit un quatrième tailleur : » deux pratiques qui m'avaient apporté du Ternaux, » m'accusèrent d'avoir changé leur drap : il était en » effet devenu affreux au décatissage, et n'était pas reconnaissable. Je fus obligé, pour me justifier, de leur » envoyer acheter une aune de pareil drap, et de les » prier de le porter décatir eux-mêmes; et ce n'est » qu'alors qu'ils ont reconnu que tout le tort était dans » la maison qui leur avait vendu de confiance. »

« Cependant, Messieurs, dit une personne, voilà un » habit Ternaux; les plus habiles connaisseurs, à qui » je l'ai soumis exprès, l'ont jugé excellent. » On s'empresse autour de l'habit extraordinaire; chacun le touche; un commerçant s'approche, fait apporter deux lumières, examine le drap, le tâte, le tourne, le retourne, et dit à la personne : « Si M. Ternaux vous a » dit que ce drap sortait de sa fabrique, il vous en a imposé; il ne l'a qu'en troisième main; c'est un Bacot, » et c'est moi qui le lui ai vendu avec cent autres pièces. » Quoique je pourrais me flatter de vous être assez » connu pour que vous puissiez en croire ma parole » d'honneur, je vous prie cependant de vous donner la » peine de venir demain à mon magasin; je vous montrerai le pareil drap de votre habit, et vous le con- » fronterez ensuite avec tous les Ternaux du monde. »

L'autre fait est celui-ci: Un commerçant apporta au milieu de l'assemblée deux schalls, façon cachemire; il pria un commerçant étranger, que l'on m'a dit être associé de M. Ternaux dans une des maisons qu'il tient hors de France, de les juger. Il le fit de bonne grâce. Après les avoir bien examinés, sous leurs divers jours, il dit : « Les couleurs de leurs dessins me semblent » avoir le même éclat; mais je donnerais la préférence » à celui-ci pour la plus grande régularité de son dessin, » et parce que je crois son tissù non pas plus fin, mais » plus soigné. »

« Eh bien ! Messieurs, s'écria le fabricant, le schall

» que l'on préfère sort de la maison d'un de mes amis
» il peut le donner avec bénéfice pour deux mille francs,
» et l'autre appartient à M. Ternaux, et si ce n'est le
» schall de l'exposition, coté 4500 francs, il lui ressemble
» si parfaitement que la plupart des personnes qui ont
» visité l'exposition, s'y méprendraient. « Certes, dit
» une voix, si M. Ternaux ne gagne que 2500 francs
» sur un schall, il n'est guères reçu, à mon jugement,
» à se récrier sur les bénéfices des tailleurs! » Il est de
» notoriété publique, dit une autre voix, que, dans les
» commencemens, Ternaux a gagné jusqu'aux neuf di-
» xièmes sur tous ses genres de tissus. »

Une dame, prenant la parole, dit : « il faut avouer que
» l'article n'a pas contribué à attirer les dames dans les
» magasins de cachemires de M. Ternaux, par l'ex-
» trême impolitesse qu'il a eue de recommander ce
» beau schall aux femmes jolies et ambitieuses. Je suis
» bien certaine que si le schall de l'exposition n'est pas
» celui-ci, il n'est pas encore vendu : quelle dame en
» effet n'aurait pas rougi de le porter! Pour moi, on me
» le donnerait, que tout l'usage que j'en aurais fait serait
» de le jeter au feu. »

« C'était en effet une chose affreuse, dirent ensemble
» toutes les autres dames. »

On avertit en ce moment la société que le dîner était servi. Quoique ma lettre d'invitation ne me parlait pas de ce dîner, je pris place à table comme les autres, autant pour suppléer au frugal repas que j'aurais trouvé dans mon cabinet, que pour être témoin occulaire et auriculaire de tout ce qui se passerait dans cette fameuse soirée, et pouvoir dire *veni, vidi*; quand au *vici*, on l'avait fait pour moi dans le premier combat; et, pour celui où je devais payer de ma personne, n'étant d'aucun caveau, et par conséquent rien moins qu'aguerri, je me proposai bien de me défier du Champagne et du Bordeaux: le motif de ma présence demandait que je conservasse tout ce que j'avais de raison. Plusieurs couverts se trouvèrent vacans; jetant un coup-d'œil sur les convives, je devinai aisément que les absens étaient les intéressés du parti vaincu, qui, malgré l'invitation de l'Avocat Général, avaient jugé à propos d'aller dîner chez eux.

Le hasard me servit à merveille : je me trouvai placé à côté d'une jeune demoiselle qui m'enchanta, beaucoup plus encore par l'ornement de son esprit, que par les traits gracieux de son visage : elle était assise à la droite de sa mère. Comme pendant le repas il ne fut plus question des boutiques Ternaux, je cherchai, pour me dédommager, d'établir conversation avec ma belle voisine. Elle s'y prêta avec d'autant plus de complaisance, que la maman en fit également les frais avec amabilité. J'appris que cette demoiselle était fille de tailleur, que ses parens n'avaient rien négligé pour son éducation, et je le vis par moi-même, car elle parla très-bien musique, dessein et littérature. La maman me dit que sa fille, à l'âge de quatorze ans, avait composé plusieurs petites pièces fugitives.

Cinq services recherchés se succédèrent pendant trois heures entières. La gastronomie n'avait jamais offert tant de merveilles à mon admiration. Les plus rares comestibles des Chevet, les patisseries fines et délicates des Lesage, les sucreries des Pomerel, vinrent tour à tour réveiller et satisfaire notre appétit et notre sensualité : Bacchus nous traita en amis; il tira, du fond de ses caveaux les vins les plus rares et les plus vieux. Je n'oserais certifier que l'esprit du nectar n'évapora pas un peu la raison de quelque convive.

Les toast furent portés dans cet ordre : le premier au Monarque bien-aimé de la France; le second à toute la famille royale; le troisième au patriarche de l'assemblée; le quatrième à l'Avocat Général et aux

Juges qui, entre parenthèse, n'avaient pas eu occasion de s'échauffer dans les délibérations ; le cinquième au commerce ; le sixième aux Dames de la société et le septième à tous les convives ensemble.

Plusieurs couplets furent chantés par les Dames et les Messieurs : le Président donna sa chanson. Le défenseur, reconcilié avec nos commerçans, improvisa un couplet d'à propos. Mon admiration pour la jeune demoiselle qui m'avait déjà charmé, augmenta quand je l'entendis chanter, avec toute la justesse et le goût d'une véritable musicienne, quelques couplets sur la mode : sa voix très-étendue était également douce et sonore. Le désir de plaire à mon lecteur m'a fait placer à la fin de l'ouvrage quelques-unes de ces chansonnettes que je crois inédites.

Il se passa à la fin du repas une scène qui fut généralement désapprouvée : plusieurs jeunes gens, échauffés par les liqueurs, quittèrent la table et passèrent dans la salle d'audience. On n'y fit aucune attention ; mais bientôt des cris bruyans de joie et des frappemens de pieds frappèrent nos oreilles ; rien de plus empressé que d'accourir en connaître la cause ; nous nous précipitons dans la salle, et nous voyons nos étourdis sur la scène danser en rond autour d'une espèce de mannequin qu'ils avaient habillé en homme et pendu à l'anneau d'un lustre, au moyen d'une écharpe de cachemire. Personne ne put s'empêcher de rire; cependant on fit de suite cesser la danse, et on les réprimanda sévèrement. Quelqu'un s'étant avisé de leur dire qu'il n'était jamais permis de se faire justice soi-même, un des jeunes gens répliqua : « Vous avez une cour toute montée : jugez, condamnez, et nous exécuterons. » Le *ridendo verum* qui se lisait presque au-dessus de la tête du pendu se trouvait là fort à propos.

Au milieu des éclats de rire qui remplirent le parterre, et riant moi-même de pareille tragédie, j'entendis sonner minuit. N'ayant pas d'hôtel à moi, je pris congé de la maman et de la demoiselle près desquelles j'étais encore; je leur témoignai tout le plaisir que m'avait procuré leur conversation, et me sauvai, en toute hâte, pour venir te dire, lecteur, du haut de mon cinquième, que je n'ai rien trouvé de mieux pour me justifier de ce que l'on avait trouvé de blâmable dans mon épître, que de te soumettre tout ce qui s'est dit et passé dans cette soirée, sans respecter la défense que j'avais entendue de ne rien faire transpirer au dehors. Tu sais, en effet, que les auteurs ne respectent rien, et sacrifient tout à l'espoir d'être lu et vendu; seulement, je regrette de ne pouvoir te donner les noms de toutes les personnes de l'assemblée. Ces noms, je le sens, auraient donné plus d'intérêt à mon récit. Je les saurai sans doute plus tard ; je te les promets à la seconde édition de mon ouvrage. La crainte que j'ai que d'autres publient cette séance avant moi, et le besoin que j'ai d'avoir l'initiative, m'obligent de porter mon travail à la presse, dès demain de très-bonne heure.

Trois petites Anecdotes.

Un Français découvrit, il y a quelque temps, le moyen de comprimer le gaz; il en prit un brevet d'invention, et annonça au public le gaz portatif. Un Anglais, soit qu'il ait dérobé le secret de notre concitoyen, soit qu'il ait également imaginé un moyen d compression, arrive de Londres avec un brevet d'importation, et annonce aux parisiens qu'il peut pareillement leur envoyer tous les jours du gaz incarcéré. Le Français intente un procès à l'Anglais, et découvre que c'est M. Ternaux qui a fourni des fonds à son adversaire. L'anecdote m'a étonné; car je croyais M. Ternaux patriote : d'un autre côté, il se peut que ce soit gratitude de sa part. Ce commerçant qui ne vend plus rien en France, vend peut-être des draps aux Anglais.

Un chimiste coloriste se présenta un jour chez M. Ternaux, et lui offre de lui donner des teintes qu'il n'avait pas, et qu'il désirait depuis long-temps ; il demandait, après le succès, une gratification honorable. Il paraît que M. Ternaux ne voulut que le prendre à la journée ; au même instant de leur entretien, un personnage de haute distinction, étant venu visiter le Bazar Ternaux, M. le baron lui montra comme merveille une étoffe qu'il disait imperméable. L'artiste, étonné qu'il eût la hardiesse de faire un si grand mystère d'une chose si simple, et charmé de trouver l'occasion de le punir de son égoïsme, dit tout haut : avec cinq sous d'alun je pourrais aussi rendre mon habit imperméable.

Il ne faut pas, disait un jour en plaisantant, M. Ternaux, que M. L*..... fasse tant le fier; lui, il a commencé avec 73 fr., mais moi, j'ai commencé avec 97 fr. Assurément, il faut que l'un et l'autre aient gagné plus de 6 pour cent.

Mes Adresses.

Mes Adresses.

A Ducroc-Pied.

Eh quoi ! Ducroc, tu veux que je dise du mal?
De qui donc? des tailleurs? puis-je me contredire?
De toi ? mais l'écho fatal
Ne m'a rien rapporté qui prête à la satire....
Seulement il m'a dit que des habillemens
L'art ne fut pas le tien, aux jours de ta jeunesse;
Que tu bornais ton travail, ton adresse,
A construire aux humains maisons et bâtimens :
Il n'est crime en cela, ni même ridicule;
Si plus d'un Maréchal partit sac sur le dos,
Tu pouvais nous venir en veste et gros sabots.
De te désobéir je n'ai pas grand scrupule;
A mes vers j'ai besoin de ta célébrité;
Malgré toi je t'entraîne à la postérité.

12

A Mignon.

Deux cents fois j'ai failli refuser à mes vers
Le nom de ta maison; avec les plus fameuses
Pourtant il cadre bien : à l'endroit, à l'envers,
Tes habits, bien soignés, ont des formes heureuses.
Quelle cause donner à ma tentation?
Que Pourceaugnac et toi sont de même patrie?
Non : Si les Limousins n'ont que lourde industrie,
Leurs savans sont l'honneur de notre nation.
Serait-ce?.. Je t'entends... Trop honteuse semaine...
Non plus; c'est trop vieille et trop mince fredaine.
Pourquoi donc? Le voilà : c'est que tailleur Mignon,
Presqu'au dire commun, tu ne l'es que de nom.
Tu conviendras pourtant qu'à grand artiste en mode
Il répugne d'avoir une humeur incommode.
En t'imprimant je veux, j'exige absolument,
Que ton air trop bourru devienne doux, affable;
Si tu ne changes pas ton brusque en ton aimable,
Ma plume de mes vers te raye entièrement.

A Rouget.

D'armes de tout pays tapissant ton étage,
Rouget, tu m'attiras par ce riche étalage;
Par deux fois j'envoyai t'informer de mes chants;
Mais tu nias ton nom, te cachas. Dois-je croire
Que tu pris l'envoyé pour un de ces agens
Dont l'effrayant aspect te fit fuir dans l'armoire?
On me l'a dit; vraiment j'en suis fâché pour toi :
Car on prise beaucoup ton talent, ta personne,
Et malgré ces revers, au public on te donne
Pour garçon plein d'honneur et plein de bonne foi.
Puisse ton nom chanté, t'attirant des pratiques,
Te délivrer bientôt de ces terreurs paniques!

A Beck.

La maison des Launet était recommandable;
Ne l'est-elle donc plus? Pour singer les Anglais
Tu courus le pays... Ce zèle est admirable;
Aussi suis-je étonné que tu trouves mauvais

Qu'aux noms de ton état et l'honneur et la gloire,
Je joigne Monsieur Beck. Les filles de mémoire
Volontiers le tairaient; il leur sonne assez mal,
Et bien plus lourdement que ce gros animal
Du poëte latin, sans aucune harmonie,
Il fait tomber un vers. Nullement arrêté
Par ces puissans motifs, dans riche poésie
J'aurais enchâssé Beck, mais on m'a répété
Que Beck pour son état n'avait que répugnance :
Oh! alors, te chanter serait inconvenance;
Pour être un vrai tailleur, Beck, tu dois, avant tout,
T'honorer de l'état et le faire par goût.

A Mandrou.

Toi qui ne daignas pas conférer avec moi,
Monsieur Mandrou, daigneras-tu me lire?
Tu verras que j'avais grande chose à te dire :
D'abord, conviens de bonne foi
Que ta voix faiblement combattit l'imposture;
Du charlatan elle accrut le crédit,
Autant qu'à son article il te doit son débit....

C'est vérité d'une étrange nature,
Que l'on donne la vogue en disant bien du mal.
Je croirais volontiers que nos fortes répliques,
Que le grand jugement du sage tribunal,
Appelleront encor les sots dans ses boutiques.
Si dono ta voix augmenta son comptoir
De plus d'un million, on ne peut t'en vouloir.
C'est par même motif que maints auteurs modernes,
Pour débiter leurs balivernes,
Ont à grande faveur que d obligeans journaux
Daignent les décrier et les mettre en lambeaux.
Je veux te dire aussi, sans faire longue enquête,
Qu'à tort le défenseur te plaça à la tête
Des premiers commerçans; fidèle historien,
J'ai dû ne rien changer : ce rang n'est pas le tien.
Peut-être en ta maison on fait plus d'emballages;
Chaque jour, peut-être, on compte plus d'aunages;
Mais tu manques je crois de grande qualité :
Un fidèle abonné d'un journal infidèle,
Un commerçant sans affabilité,
Des commerçans ne peut être un riche modèle.

Couplets

Chantés au Banquet.

Couplets

Chantés au Banquet.

La Gloire française,

Chantée par un Officier.

Air connu.

Je veux que ma lyre sonore
Retentisse au cœur des Français....
Je veux d'un règne que j'adore
Chanter les exploits, les bienfaits. (*bis*)
Mais avant de chanter sa gloire
J'en impose la douce loi :
Amis, amis, il nous faut boire
A notre belle, à notre Roi. (*bis*)

Des Gots la nation guerrière,
Toujours repoussa les Romains,

A l'aspect de notre bannière ;
Aux fers ils tendent les mains. (*bis*)
Leur beau pays devint notre patrie ;
Charmé bientôt de nos glorieux faits,
Ce peuple humblement nous supplie
De l'illustrer du nom français. (*bis*)

Le temps de la chevalerie,
Nous offre un spectacle enchanteur :
La bravoure, la galanterie,
En firent un siècle d'honneur ; (*bis*)
Pour leur Dieu, pour leur Roi, leurs dames,
Les preux remportaient maints succès :
Le siècle qui vit leurs faits d'armes
Fut un siècle vraiment français. (*bis*)

Le bon Henri au blanc panache
Vit encore dans notre cœur,
Et son drapeau toujours sans tache
A flotté pour notre bonheur. (*bis*)
Et Louis, de grande mémoire,
Au peuple qui donnait des fers,
Obtint par vingt genres de gloire,
Le premier rang dans l'Univers. (*bis*)

On vante d'un règne éphémère
Les conquêtes et les lauriers...
La gloire était-elle étrangère,
Sous nos Princes, à nos guerriers ?... (*bis*)

Les détracteurs de notre histoire
D'un mot vont être confondus :
Après huit cents ans de victoire
Nous ne pouvions être vaincus !... (*bis*)

Si ce temps fut un temps de gloire,
Il le fut de crime et de terreur...
Et lorsqu'il s'offre à ma mémoire,
Indigné j'en frémis d'horreur... (*bis*)
Mais, mes amis, qu'à Dieu ne plaise
Que sur nous tombent ses forfaits!
La vertu fut toujours française,
Le crime n'est jamais français. (*bis*)

De Fleurus la funeste bataille
Montra ce que c'est qu'un français,
Il crie au feu de la mitraille :
« Je meurs et ne me rends jamais.» (*bis*)
Si du danger ce chef magnanime
Toujours s'enfuit et n'y mourut jamais,
Je peux vous expliquer l'énigme,
C'est qu'il n'était pas né Français. (*bis*)

Et toi belle et noble Ibérie,
Tu sais ce que c'est qu'un français;
De tes rois la tige chérie,
Sans lui se brisait à jamais ! (*bis*)
Honneur au noble fils de France,
Il ajoute aux plus beaux exploits,
L'Espagne a chéri sa vaillance,
Amour, gloire au fils de nos Rois ! (*bis*)

Le tendre Aveu.

Air : A ton réveil.

Je t'en supplie, ô beauté que j'adore,
Daigne agréer l'aveu de mon amour.
Pour toi mon cœur soupire dès l'aurore,
Pour toi soupire et la nuit et le jour. (*bis*)

A te chanter je consacre ma lyre,
Et pour toi seule elle aura des accords,
En te chantant, ô beauté qui m'inspire,
Je chanterai mes amoureux transports. (*bis*)

A te chérir je consacre ma vie
Sois à jamais la reine de mon cœur,
Laisse échapper de ta bouche jolie,
Ce tendre aveu, gage de mon bonheur. (*bis*)

La Mode.

Air connu.

Du monde je suis souveraine ;
Je commande à tous les mortels.
Aimable, mais despote Reine
L'encens fume sur mes autels.
J'exige obéissance entière,
Tous mes caprices sont des lois ;
Je plie à mon humeur altière
Les Peuples, les Grands et les Rois. (*bis.*)

Je fais plus que mère nature,
Elle créa l'homme imparfait,
Et ce n'est que par ma parure
Qu'il nous présente quelqu'attrait.
Nature marâtre, ennemie,
Ne lui donna que des désirs,
Il doit à mon heureux génie
Ses jouissances, ses plaisirs. (*bis.*)

Je donne le ton d'importance
A maints ignorans magistrats,
Et je donne un air de vaillance
A de lâches et peureux soldats.

A hideuse et vieille coquette
Je donne encor quelques attraits,
A ma parure d'étiquette
Les fats doivent tous leurs succès. (*bis.*)

Par ma gracieuse tournure
J'embellis toutes les beautés ;
C'est à l'éclat de ma ceinture,
Qu'on les proclame déités.
Sans mes grâces et sans mes charmes,
Languiraient les joyeux amours !
Et c'est pour aiguiser leurs armes
Qu'on me voit changer tous les jours. (*bis.*)

A mon humeur capricieuse,
Le commerçant doit ses trésors ;
A ma folie ingénieuse,
L'opulence doit ses dehors ;
De la pourpre et du diadème
Les Rois me doivent la splendeur ;
De l'Univers Reine suprême,
Je fais son éclat, son bonheur. (*bis.*)

Le Commerce à Charles Dix,

Chanté à trois Voix.

Air nouveau.

Grand Monarque, reçois nos vœux et notre hommage,
Nous te devons notre bonheur;
Ta bonté, ta sagesse, ont accompli l'ouvrage,
L'œuvre du Roi législateur.

Louis combla tous les abîmes
Long-temps entr'ouverts sous nos pas :
Sans lui nous étions les victimes
Du plus malheureux des trépas.

Charles à sa belle patrie
Assure la prospérité :
C'est en protégeant l'industrie
Qu'il vole à la postérité. (*bis*)

Tous les Français heureux t'offrent dans leur ivresse,
Ton fils couronné de laurier;
Mais plus père que roi, dans ta sage tendresse,
Tu nous présentes l'olivier.

La gloire acquise par les armes
A ces conquérans, ces héros,
Est née au milieu des alarmes,
Est née au sein de mille maux !...

La paix, la gloire et l'abondance,
Grand Roi ! ce sont là tes bienfaits.
Amour, aveugle confiance,
Voilà le cœur de tes Français. (*bis*)

Le commerce, as-tu dit, les arts et l'industrie,
Sont le trésor des potentats :
S'ils ne les font fleurir, sans richesse et sans vie
Languissent les plus grands États.

A ta voix, ta seule présence,
Tout va prospérer, s'agrandir.
L'Univers s'unit à la France
Pour t'admirer et te bénir.

Dans le transport qui nous anime,
A nos cœurs c'est aimable loi :
Chantons d'une voix unanime,
Vive à jamais notre bon Roi ! (*bis*)

LETTRE JUSTIFICATIVE.

Je dois une réponse à votre billet, je vous l'adresse : vous saurez d'abord que vous ne devez cette condescendance de ma part qu'à l'intérêt que je porte au corps d'état dont j'ai embrassé la défense, et dont vous avez l'honneur d'être membre. Je tiens beaucoup à ce qu'aucun tailleur n'ait à se plaindre de moi.

On a dû vous rapporter que j'avais été étonné que vous eussiez trouvé mauvais que mon épître ne portât pas votre couleur, et que vous m'invitassiez à vous sacrifier ma pensée. J'aurais droit de me fâcher : outre que c'était assez mal reconnaître la peine que j'avais prise de rimer en faveur de votre état, c'était me faire une très-grave injure. Pensez-vous, Monsieur, que je sois moins homme que vous? que je ne tienne pas autant que vous à mon opinion? Comment donc avez-vous pu concevoir la prétention de me faire abandonner mes drapeaux? C'est tout ce que vous auriez pu tenter, si vous m'eussiez prouvé qu'ils n'étaient pas ceux de l'honneur.

Je l'ai dit, je ne me fâcherai pas; j'aurai même la complaisance de vous soumettre quelques réflexions qui, j'espère, me justifieront à vos yeux.

Je crois que, par votre couleur, vous entendez vos principes politiques; je ne connois pas ceux que vous professez; seulement, vous me dites que les miens ne sont pas les vôtres. Qui êtes-vous donc? républicain, démocrate ou partisan du despotisme? Je crois plutôt que vous êtes royaliste constitutionnel. Mais dans cette couleur il est deux nuances bien distinctes. Toutes les couleurs de la révolution, celles même de l'empire, viennent se fondre avec le royalisme, et forment une nuance qui prend le titre spécifique de libéralisme. Les couleurs monarchiques en forment une autre qui conserve le titre simple de royalisme.

Sans entamer ici un traité sur les couleurs politiques, sans même chercher à découvrir qu'elle est votre nuance, je me borne à vous dire que la seconde nuance est la seule que j'ai cru devoir donner à mon épître. Mes motifs, je vous les soumets. Le premier, c'est quelle est la nuance de mode, ou la nuance dominante; vous ne pouvez en douter. Vous savez qu'il y a quelques années, le libéralisme promenait en France, en Europe même, un front altier et insolent; fier de quelque succès, présumant de ses forces, il défiait le royalisme et prédisait son extinction entière. L'apparence en effet était pour lui. Il lève l'étendard, sonne le réveil du peuple, et marche comme à un triomphe assuré. Vous savez quels revers malheureux éprouva sa jactance.

En France, sa bande n'était pas encore en ordre qu'elle fut dissipée. L'instant même où elle leva la tête, elle rentra pour jamais dans l'abjection. Ce que le libéralisme entreprit pour détruire son adversaire, fut ce qui le releva à jamais.

A Naples, l'armée libérale était déjà rangée en bataille, tout était sagement organisé; les chefs chantaient victoire, lorsque tout à coup, par un revers inattendu, ils sont attaqués, battus, mis en déroute, fait captifs et pendus, et le tout en un clin d'œil. Là encore, le royalisme jouit de son triomphe en paix et en sécurité.

En Espagne, la lutte fut plus longue; il sembla longtemps certain que ce pays allait devenir la capitale du libéralisme; ses armées étaient innombrables, le Roi et sa famille étaient ses prisonniers, toutes les places fortes étaient en son pouvoir. Une mince poignée de royalistes ne lui présentait qu'un obstacle rien moins que redoutable ; elle ne jouissait d'aucun crédit. L'armée libérale tirait de France des millions, tandis que la petite armée de la foi ne trouvait pas cent écus chez M. Rougemont de Lœvemberg. On ne promettait que honte et revers aux puissances assez imprudentes pour lui porter secours. Malgré le vœu et la volonté du Congrès, nos ministres, à l'exception de celui des affaires étrangères et de celui de la guerre, s'opposèrent à ce que la France volât au secours d'un Bourbon. Mais Louis a parlé : le fils de France part, et aussitôt l'armée fidèle couvre l'Espagne entière, et, plus promptement que les ténèbres fuient à l'aspect de l'astre du jour, nos intrépides libéraux se dissipèrent épouvantés à l'approche du Prince pacificateur. Vous savez encore comme moi, que cette campagne si redoutable, au dire des libéraux, ne fut qu'une promenade pour les phalanges françaises. Ainsi, vous conviendrez avec moi, sans qu'il soit besoin de vous donner pour autre preuve de conviction la chambre actuelle des Députés de la France dont la pensée est toute royaliste, vous conviendrez, dis-je, que la nuance dominante est le royalisme.

Le second motif qui m'a obligé de donner cette

nuance à mon épître, c'est que seule elle est honorable.

En effet, je vois que les principaux des constitutionnels ont toûs porté le bonnet rouge et la carmagnole; qu'ensuite, ils ont porté la livrée d'un maître absolu; il est vrai que ce maître les environnait d'or et d'honneurs; mais avouez que l'or et les honneurs ne devaient pas ébranler les grands prédicateurs de la liberté; apparemment que les biens et les honneurs sont la vraie liberté qu'ils désirent. Quoiqu'il en soit, la France a vu ces mêmes hommes, encore chargés de chaînes, prétendre dicter des lois à Louis-le-Désiré!... Je suis persuadé que vous ne voudriez pas ressembler à de tels gens: du moins je n'ai pas dû donner à la mode une couleur que je crois infamante. Quel que soit l'effet que ces courtes réflexions produisent sur votre esprit, soyez persuadé que ma couleur ne pourrait que vous honorer. Je suis royaliste, peut-être même suis-je de ceux que l'on qualifie d'ultra, mais sachez qu'un royaliste aime avec passion son pays et son Roi, et ne peut, par-là, qu'être un bon citoyen; royaliste et français sont deux qualités inséparables.

Je vous avouerai, en finissant cette lettre, que depuis l'heureux avénement de Charles X au trône de ses ancêtres, je ne suis pas au courant de la politique. J'ai entendu dire que les constitutionnels étaient tout-à-fait réconciliés avec la Monarchie : tant mieux ; il est toujours temps de revenir au bon sens et à l'honneur ; cependant, avant de croire à cette conversion, je me propose de leur adresser une profession de foi politique, à laquelle ils devront souscrire si réellement ils sont Français.

FIN.

TABLE.

FIN DE LA TABLE.

www.ingramcontent.com/pod-product-compliance
Ingram Content Group UK Ltd.
Pitfield, Milton Keynes, MK11 3LW, UK
UKHW031853260826
14628UKWH00002B/744

9 782019 268978